小邮差的奇幻之旅

The Postman's Round

[加拿大]

丹尼斯·特里奥特
Denis Thériault
——————————著

刘彩梅————译

上海三联书店

《小邮差的奇幻之旅》

[加拿大] 丹尼斯·特里奥特 著

刘彩梅 译

The Postman's Round

by Denis Thériault

COPYRIGHT © DENIS THÉRIAULT & LIEDWAY HAWKE / ALLIED

AUTHORS AGENCY, 2008

Simplified Chinese Copyright © Shanghai Joint Publishing Company

Limited, 2015

Published by arrangement with Allied Authors Agency

Through Big Apple Agency, Inc., Labuan, Malaysia

目 录

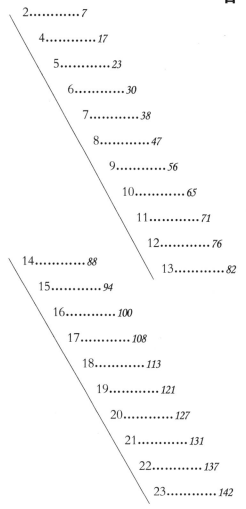

时光,如流水

在崎岖的岩石上打着旋

周而复始。

　　尽管这条大街叫山毛榉大街,道路两旁却主要种植着
枫树。一眼望去,可以看到几排楼梯建在外部的四五层高
的公寓楼。这条大街上一共有一百五十段这样的楼梯,加
起来总共有一千四百九十五级台阶。比洛多对此了如指
掌,因为每天早晨他都要挨个在这些楼梯上爬上爬下,反
复计算过这些数字。一千四百九十五级台阶,每级台阶平
均有二十公分高,总共加起来就有两百九十九米高,比威
力玛瑞大厦还要高一倍半。事实上,比洛多在这些台阶上
走过的路程相当于每天爬了一遍埃菲尔铁塔。在进行这
项活动时他可谓风雨无阻,更不必说他还要从楼梯上走下
来,使得这段旅程又多出一倍的距离。然而,比洛多对这
项垂直马拉松运动没有什么成就感,充其量它只是每天必
做的一项挑战,如果没有这项挑战,他的生活将变得平淡

而乏味。他认为自己是一类特殊运动员,跟那些坚强无畏的长途徒步旅行者属于一个派系。不过他也常常觉得遗憾,在所有为世人所敬仰的耐力型运动项目里,爬楼梯从未被包括其中。要是有上下一千五百个台阶或者上下两百五十米山坡的比赛,他肯定表现良好。如果奥运会上有爬楼梯比赛,比洛多毫无疑问能获得参赛资格,而且说不准能成为世界冠军,登上最高领奖台呢。

不过至少现在,他还是一名邮差。

一名二十七岁的邮差。

比洛多在圣·桑彼耶德萨米地区做邮递员已有五个年头了。为了方便工作,他甚至搬到了这个以工薪阶层为主的小区居住。在勤勤恳恳工作的这些年里,他只请了一天假,还是因为去参加死于魁北克市缆车事故中的父母的葬礼。毫无疑问,比洛多可以称得上是一名相当恪尽职守的员工。

早晨,他在邮局的分理处开始一天的工作。他要将所有有待送出的信和邮件按次序整理好,然后打成包。一位同事会开着小货车将这些信件送到沿路每家每户的铁皮邮筒里去。比洛多在进行这项乏味工作时的效率极高。

受赌场里发牌员娴熟技能和飞镖高手奇特技艺的启发,他琢磨出了自己独特的分拣方法:信件一出手,就像飞镖击中目标一样准确无误地滑进合适的邮件格里。他很少失手。这项非凡的技能让他总是能比其他邮差提前完成任务——这样很好,因为他可以提前完成任务,早点下班。独自漫步在清晨,呼吸着芬芳的空气,并且无人打扰,还有比这更惬意的事吗?

当然,生活并非总是充满阳光。有时不得不发放那些皱皱巴巴的小广告,有时腰痛突然发作,有时不小心扭伤了脚,以及一些说不清楚的小伤小痛;还有那些难以抗拒的大自然作对的日子——夏季难以忍受的滚滚热浪,秋日连绵不断、让人湿冷难熬的雨季,冬天整个城市危险的冰冻道路和刺骨的寒冷。不过那种认为自己不可替代的自我满足感,足以弥补这些不愉快的经历了。比洛多认为自己是这个社区的运转中不可缺少的一部分,在其中扮演着微小却又不可或缺的角色。对他来说,投递信件是一项必须认真完成的使命,因为这也是他对整个世界正常运转所能做出的独特贡献。他绝对不会跟别人交换这份差事,除非对方也是邮差。

* * * * * *

　　比洛多通常会在玛德里诺餐厅吃午饭,这是一家离分理中心不远的饭店。吃过甜点之后,他总是要花一点时间来练字。这是项精细的书法艺术,而他还只是个门外汉。他坐在吧台上,掏出练习本和钢笔,从报纸上或菜单上找出几个词语练习。他沉醉于这种笔尖在纸上如舞蹈般的运动轨迹。用意大利体书写的一撇一捺都好像是在跳着华尔兹,用安色尔字体书写即是在表演沃尔塔舞步,而用哥特手写体则像两柄宝剑在交锋。他把自己幻想成中世纪那些伟大的抄写僧侣中的一员,他们与笔墨为伴,以书写为生,虽然眼睛因此受到损伤,手指总是冰冷,但心中却充满了满足感。

　　比洛多的同事们觉得他是个怪人。当他们成群结伙大叫着闯入玛德里诺吃午饭的时候,往往会嘲笑他在练字上所下的功夫,并把他写的字称为涂鸦。面对这些嘲弄,比洛多并不在意,因为对方是他的朋友。他认为让他们真正难过的应该是他们自己的无知。除非是像他这样有学识且忠于书法的爱好者,谁还能体会到一笔一划中隐含的美妙,还有那些精心设计的线条中平衡的美感呢?唯一对此表示欣赏的是这里的女侍者塔尼娅。她总是显得很高兴而且对他的作品表现出浓厚兴趣。她称赞这些字很漂亮。这确实是一个情感丰富的年轻女性。比洛多很欣赏她，也总是会给她留一份丰厚的小费。然而如果他足够细心，他也许就会注意到塔尼娅老是会从收银台附近的地方看着他，在上甜点的时候也总会将最大的一份送到他的桌子上。而他并没有注意到这些。或许是他不想留意罢了。

这是因为自从赛格琳在比洛多的生活中出现后，他便对其他女性失去了兴趣。

* * * * * *

比洛多住在一栋高层建筑的十楼，他和他的金鱼比尔共享着这个贴满电影海报的一居室住所。在夜幕降临的时候，他一般会玩电子游戏《光环2》或者《地下城守护者》，之后边看电视边吃快餐。他通常选择一个人在家待着，除非罗伯特过于盛情地邀请，他才会在某个周五晚上外出活动。罗伯特是他的一个同事，负责信件收集，也是他在邮局最好的朋友。罗伯特几乎每个晚上都到外面去玩，比洛多却很少愿意一同前往，因为他并不喜欢那些他被硬拉过去的烟雾缭绕的夜店、震耳欲聋的舞池和脱衣舞酒吧。他宁愿待在家里，远离这个世界的喧嚣，远离那些妖冶的女人——自从赛格琳出现在他的生活中以后，尤其如此。

因为，不管怎样，他有更好的消遣方式。事实上，他晚上在自己的房间里会变得更为忙碌一些。看过电视吃过晚饭后，比洛多便插上房门，沉浸在自己的秘密小罪恶之中。

2

比洛多是个不同寻常的邮递员。

在成千上万封由他投递的陌生信件中,他偶尔会碰到一两封私人信件——在这个充斥着电子邮件的年代,这种东西变得越来越少见,因此显得弥足珍贵。在碰到这种信件的时候,比洛多就会像采矿者在晒砂盘中发现一小粒金沙时那样激动。他并不急于将其送到收信人手中,而是会把这封信带回家中,用蒸汽将信封启开。这就是他在自己房间中秘密进行的事情,这件事情让他在夜晚变得尤其忙碌。

比洛多是个有很强好奇心的邮递员。

他自己从未收到过一封私人信件。他倒是很愿意能够收到这类信件,但事实上他并没有一个亲近到可以鸿雁传书的朋友。他过去会自己给自己寄信,但最后却深感失落,于是渐渐停手。他并不怀念那些信,因为收到自己写的信并不是一件值得回味的事情。真正吸引他的是出自他人之手的信，那些真实的人，那些宁愿用写信这种更有人情味的方式来交流、然后以一种欣喜但平静的心情期待回信的人，而不是通过冷冰冰的键盘以及瞬时的互联网进行沟通。对于这些人来说，写信是他们刻意为之的选择，更有甚者会将其作为自己的一个原则、一种生活态度，与时间紧迫与否无关，回信也不是一种义务。

他曾经读到过盖斯佩半岛玛利亚村的桃瑞丝写给自己姐姐格温多林的信，讲述了当地的奇闻轶事，十分滑稽好笑；他也读到过关押在卡捷港监狱中的理查德写给小儿子雨果的催人泪下的信。还有里穆斯基圣玫瑰园修道会修女雷吉娜发给老朋友杰曼的洋洋洒洒并带有宗教神秘意味的书信；还有临时到育空省出差的年轻护士莱堤西亚为她独守空房的未婚夫编写的色情故事；此外还有一些奇怪的信，是关于神秘的欧先生就怎样安全召唤各种神灵为某恩先生提供的建议。信的内容可谓千奇百怪、包罗万象，寄信的人来自世界各个地方：通信者既有近亲，也有远邻；既有啤酒品酒师的交流笔记，也有周游世界的旅行者对自己母亲的描写，还有退休蒸汽机车锅炉工在细数身上的肿块和挫伤；既有驻阿富汗士兵写给焦虑妻子的有些夸张的安抚,也有忧心忡忡的叔叔写给侄女要其保守秘密的内容;既有拉斯维加斯马戏团杂技演员与自己前女友或男友的分手信,也有通篇充斥着诅咒言语、表达对收信人恨之入骨的信件。

但最多的还是情书。就算情人节已经过去,爱情仍然是常见的内容,同时也是绝大多数通信者的永恒话题。这里有用各种语法结构和语言所表达的爱情,以各种可以想象的形式在信中呈现:热情如火的,彬彬有礼的,暗送秋波的,纯洁质朴的,冷静的或是戏剧性的,偶尔极端强烈,但通常情况下是美妙的抒情。这种感情用简单的语言表达时尤其动人心魄,而如果将情感藏在字里行间反倒没那么感人肺腑,因为在平淡如水的陈述中,爱情已悄悄地燃烧殆尽了。

比洛多一遍又一遍地阅读当天的信件,在已经消化吸收了这些信的全部精髓后,他对这些信件进行复制、存档,根据内容把它们分类放在不同颜色的文件夹中,然后把文件夹存放到一个防火柜里。之后,他会把原信完好无损地放进信封中,娴熟地封上口,于次日投递到收件人的信箱里,仿佛什么事情都没有发生过。他进行这种秘密活动已经有两年了。他很清楚自己的所作所为是在犯罪,但强烈的好奇心把罪恶感逼退到一个无关紧要的位置。毕竟,没有人因此会受到伤害,他自己也只要足够小心就不会招致什么危险。谁会因为信晚到一天而忧心忡忡呢?再说,谁又有可能知道信被耽搁了呢?

* * * * * *

通过这种方式,比洛多截留了大约三十封私人信件。如果把这些信件的内容编排在一起,绝对可以形成一出情节跌宕起伏的肥皂剧,或者说可以构成该剧一半的内容,因为不幸的是,另外一半掩藏在回信中,而他又没有机会看到这些回信。但比洛多却乐于想象另一半故事的发展,他精心地起草着回信的内容,虽然他并没有将这些信邮走。当再一次收到来信的时候,他总是惊奇地看到信中的内容同自己的想象是如此契合。

事情就是这样。比洛多过着别人的生活。相对于真实生活的沉闷,他更喜欢这种"信中连续剧"的丰富多彩和兴奋刺激。而在所有组成他小小奇幻王国的秘密信件中,最令他心潮澎湃、流连忘返的莫过于来自赛格琳的信了。

赛格琳居住在瓜德罗普岛的彼得岬,她会定期给一个名叫加斯顿·格兰普的男人写信,这个人在山毛榉大街租住着一套公寓。比洛多在过去两年中一直在偷看赛格琳写给他的信。每当分拣信件时发现赛格琳的信,比洛多总会感到兴奋,并因期待而颤栗。他面不改色地迅速把信塞到夹克里,只有独自走在路上时才会将那封信在手上反复把玩,用手指感受着那份激动。他本可以当即打开它,在信的世界中徜徉,但他宁愿等待。所有他允许自己所做的就是,在勇敢地把信重新放回口袋里之前深嗅一遍信封上所散发出来的橘子香味,体验这稍纵即逝的快乐。他一整天都会把信放在身上贴近心脏的位置,抵挡着想要看的冲动,而是要将那未知的愉悦留到晚上来临之时,晚饭之后享用。这个时刻终于到来了。他会滴几滴柑橘精油,燃上几支蜡烛,在唱片机上放上一盘梦幻的挪威爵士音乐,然后开启信封,轻轻地将信取出,阅读上面的内容:

清澈的水面下

新生儿在游泳

好似一只顽皮的水獭

比洛多能够身临其境地感受到这一幕。他好像真的看到了一个光溜溜的小婴孩在泛着粼粼水光的泳池里朝他游来，就好像他是孩子的母亲一样，就好像孩子在朝着一位伸开双臂的美人鱼妈妈游来，妈妈张大了蓝色的蝾螈一般圆圆的眼睛注视着宝宝。婴儿并不知道自己不会游泳，但还没忘了该怎么游。他不知道水是危险的，是一个可能使他溺毙的外来元素。他对这些毫不知晓，在水里四处游着，靠着自己的本能，将小嘴紧紧抿住，只是笨拙地划着水。比洛多也清楚地看到了一只年幼的鳍足类动物———一只可笑的水下小矮人，有着像婴儿一般褶皱的皮肤、周围缀满泡泡的小鼻子，于水中滑翔而过。于是比洛多大笑起来，因为他没有预见到这个搞笑又动人的场面。比洛多感到自己的身体仿佛也漂了起来，能听到水流撞击耳鼓的嗡嗡声。他觉得自己好像也和那个小孩子一起置身于泳池中。这就是赛格琳所写的这些奇异小诗所带来的充满暗示性的力量：它们使你如临其境，如闻其声。

除了一首小诗之外，这个瓜德罗普岛女人写的信中别无其他。通常就是一页纸上有一首诗。内容很少，但却毫不吝啬，因为这些小诗也能像一整篇小说那样给予读者丰富的养料———它们在你的心中其实就仿佛一篇长篇大作，并在你灵魂深处永远回响着。比洛多会把这些小诗背诵下来，并在早班的时候默默诵念。这些信就珍存在床头柜最上面的抽屉里，他喜欢在晚上的时候将信铺展开来围绕在自己四周，形成一个神秘的圆形图案，然后一封接一封地再次阅读……

缓慢流动的天空

分崩离析的云

如迷路的冰川

离开竖琴螺壳

蜘蛛蟹，这位蹦极女皇

进行了终极一跃

街上传来敲打的声音

百叶窗被钉子固定

飓风就要来临

鲨鱼夜游于海

懒懒地打着哈欠

大声咀嚼着一只翻车鱼

当台布

在夏日的微风中翻滚的时候

碗在其上跳着摇摆的舞蹈

赛格琳的诗,尽管每一首的内容大相径庭,但在格式上却整齐划一,因为它们都由三句话构成:两句有五个音节,一句有七个音节,不多不少共十七个音节。全诗总是由这种神秘的结构组成,就好像是受着某种规则的支配。比洛多感觉到,这种一致性是出于某种原因的。他为此冥思苦想数月,直到有一天,他才偶然发现事情的真相。在一个周六的早晨,他在玛德里诺边读着报纸的娱乐版边吃早饭。突然,他被咖啡呛了一下,因为他看到报纸顶端仿佛印有三行句子构成的一首小诗,这首诗也是由两行五个音节的词和一行七个音节的词构成的。但让他沮丧的是,这首诗只是针对当今时事所作的一篇讽刺性评论,与赛格琳笔下的诗一点也不像,也不拥有那种片段般的鲜明意象。但专栏的题目却很有启示性,叫做"俳句星期六"。比洛多便马上冲回家,在字典上认真查找起来,终于发现了这个词的解释：

俳句：名词。1. 日本短诗，通常分为三部分由十七个音节构成，内容大多是对自然景物的描写。2. 用其他语言模仿日本俳句所做的短诗

原来这就是那个瓜德罗普岛女人所写的东西。从那时起，比洛多开始到图书馆查阅各种关于俳句的书籍——这些书都是由日语翻译过来的，包括了一大批著名作家的杰作，其中不乏松尾芭蕉、种田山头火、永田爱以及小林一茶这样的人物，但其中没有一首诗能产生与赛格琳的诗相同的效果，因为没有一首诗拥有把他带到遥不可及的远方，让他能清楚地看到、真切地感受到诗中描写事物的能力。

毫无疑问，赛格琳的书法技巧在很大程度上促成了这种魅力的产生，她在表达思想的时候用的是一种细腻而优雅的意大利体，而比洛多是一位能有幸欣赏到这种富有变化和想象力的字迹的人，那深深地一竖和直冲而上的一提配以大量的圈和精巧的点，构成了一幅清晰而流畅的书法，更让人称奇的是，每个字均以三十度的角度倾斜，完美

无瑕的字间距匀称恰当。赛格琳的字悦人耳目，看她的字就好像服了一剂良药，听到一曲天籁。这是一场笔画中的交响乐，是典范之作。她的字那么优雅漂亮，会让人感动落泪。比洛多曾在哪里读到过这么一句话，字如其人，他于是很快地推断出，赛格琳的心灵一定也是纯洁无瑕的。天使的字也莫过于此。

4

比洛多知道赛格琳在彼得岬的一个小学校里教书,他知道她是个美丽的姑娘,因为他见过她寄给格兰普的信中附带的照片。可能是一封回复格兰普要求交换照片的信,因为照片的背面还写着这样一段话:"很高兴通过照片认识你。现寄上照片一张。这是我和我学生的合影。"照片中她被一群微笑的孩子簇拥着,但比洛多却只看到了她的笑容,她那翡翠般的眼眸深深映入了他的眼中,就好像潮水冲击着岩石发出阵阵回响。他扫描并复印了那张照片,然后把它装在相框中,摆在床头柜上,她的俳句小诗就珍存在床头柜下面的抽屉里。现在,他能在每晚睡觉前细细打量一番赛格琳的照片,然后在梦中与之相会了:她的笑靥如花,她的明眸善睐,以及她所有精细的五官。他梦到与她在海边浪漫地散着步,远处的玛丽加兰特岛在暮光中若隐若现,橙色的流云在天空中疾走,海风轻柔地拢着他们的头发——或许是受到那些俳句的影响，他梦中的景象又会呈现出另一番面貌，他会梦到同她一起蹦极，他们一起从极高的空中坠落，在绳子拉紧之后落入一片香气扑鼻的大海之中，在珊瑚礁里与翻车鱼和婴孩一起畅游，只留下茫然的鲨鱼四处游走。

* * * * * *

比洛多从来没有想到自己会如此深陷在爱情里。赛格琳在他心中的分量之重，使他有时都觉得害怕——他担心他的生活从此不再属于自己。然而来自一小首俳句的魔力就足以迅速地把他的这种担心炼化成快乐，他感激他的幸运星能如此厚待自己，让他在人生道路上能有幸遇到这么美丽的瓜德罗普岛女人。不过，一想到赛格琳的信实际上是写给其他男人的，他就忍不住产生强烈的嫉妒，而这种嫉妒在很大程度上败坏了他的感恩之情和欢愉之心，成为挥之不去的阴影。每当他读完一首新的俳句，重新将它放入信封，并在第二天将其放进他的情敌加斯顿·格兰普公寓的信箱里时，他的心都会因嫉妒而刺痛。这个男人是怎么认识赛格琳的？他对于她来说意味着什么？照片后面的话以及那些俳句的意思都只能表明两人仅仅是朋友关系,这在一定程度上安慰了比洛多,尽管如此,这些信的收信人还是这个幸运的男人格兰普。比洛多偶尔会在这个男人的门口瞥见他的身影。他蓄着胡子,看上去邋里邋遢,头发蓬乱,一件鲜红的便袍加身,总是给人一种一夜未眠的印象。他像个神神叨叨的科学家,满脸郁闷的神情,要么就是个面容丑陋的怪人。比洛多想知道这个男人在自家信箱里发现赛格琳写给自己的信时,会有什么反应。他会迅速将其拆开以满足自己的渴望吗?他是否会产生同自己一样的兴奋感觉?赛格琳的小诗是否也会让他身临其境,看到比洛多所能看到的东西?他又会怎样回信呢?

下午,比洛多回家路上再一次经过玛德里诺餐厅的时候,他偶尔会看到格兰普坐在里面,他抿着一杯咖啡,在笔记本上写写画画,看上去神采奕奕。他也在写诗吗?如果比洛多自己也会写诗,他愿意用任何事情作为交换。那样的话,他就能给赛格琳回信,就像他给自己那些幻想的笔友写信一样。可他并没有能力写出可以同她那些美妙的诗歌相提并论的精巧句子。至于比洛多,他是个会被"诗"这个单词吓得退避三舍的人,怎么才能写得出那样的句子呢?一个普普通通的邮递员能在一夜之间变成诗人吗?鸵鸟怎么可能学会弹琴？蜗牛又怎么能会骑自行车呢？事实上，刚开始的时候他自己也努力写过一两次，但均以失败告终。他于是自惭形秽，再也没勇气尝试。他怕自己破坏了所谓诗的原则，从而间接玷污了赛格琳的那些神圣的创作。格兰普是否也拥有能够写诗的天赋？他也写俳句吗？

格兰普知道他有多幸运吗？他对赛格琳的感情能有比洛多对她的四分之一、甚至十分之一那么多吗？

* * * * * *

比洛多对赛格琳的崇拜还使他产生了一种对其出生地的强烈迷恋，那是盛放她这颗美丽珍珠的珠宝箱。他经常把书店里旅游类的图书横扫一空，花费几个小时在网上搜索有关瓜德罗普岛的信息，然后一股脑塞入脑中：这个岛的地理位置，当地特色食物的做法，地方传统音乐，特色朗姆酒的制作，它的历史，捕鱼技巧，植被，以及建筑风格——他贪婪地阅读着所有的信息。虽然从未踏上过那片土地，比洛多竟慢慢成为这个"蝴蝶之岛"的专家。当然，他完全可以去那里旅游，亲眼看看瓜德罗普岛，但他并没有把这个想法当真。作为一个不可救药的宅男，这种想法只会使他感到焦躁不安。他不愿意亲自去瓜德罗普岛——而只想在脑海里描绘一幅这个岛屿的细致图画,这样他就能把自己的梦境放在一个较为现实的场景中去,更加凸显赛格琳的美丽动人。他会动用所有的想象力来勾勒出清晰的赛格琳。

比洛多梦到赛格琳骑着自行车从迪马努瓦尔大道上向他驶来,路边掩映着两排郁郁葱葱的棕榈树。比洛多梦到赛格琳下午下班后在港口徜徉,或在圣安托万商场购物。赛格琳在那巨大的市场里逛着五颜六色的小摊。那些小摊上堆积着无花果、苹果、山芋、甘薯、辣椒、菠萝、黄肉芋和杨桃,以及香料、肉桂、科伦坡调味料、藏红花、香草、杨梅和咖喱,这些东西的气味混杂在一起,刺激着人的鼻子,旁边是按摩摊,卖药浆的,卖糖果的和卖编织物的,卖花、小鹦鹉和扫帚的摊子,此外还有酒水摊,卖着那些能让人舒缓心神、招财开运的美酒,以及包治百病的神药摊。

比洛多每晚都能梦到赛格琳,而且这些以赛格琳为女主角的梦是以整个瓜德罗普岛为背景的,那里的羊肠小路,甘蔗田,长着茂盛且高大的蕨类植物和星星点点兰花的丛林和其中的险径,它那云雾缭绕的群山,和山中倒挂在绿色苔藓岩壁上的大小瀑布。除此之外,还有高耸入云的苏佛里耶火山,它虽然处于休眠期,但却让人时时有危机临近的感觉,它那被万家灯火照亮的小山村,红色铁皮屋顶,墓地里点缀着贝壳的黑白格子坟墓。它的节日,音乐,大鼓乐手,一身红衣的女魔头和其他身着花花绿绿服装随着博拉鼓的节奏舞动腰肢的舞者,以及开怀畅饮朗姆酒的人们。

瓜德罗普岛的红树林沼泽和番石榴,大小岛屿,滑翔于水面下的鳐鱼,珊瑚礁,胭脂鱼,石斑鱼和飞鱼,头戴当地特色小帽修补着渔网的桑特海峡渔民,饱经潮水拍击的北巴斯特尔参差不齐的石灰岩海岸。然后,会突然出现一些静得出奇的小海湾和金黄色的沙滩,赛格琳在一片荡漾着和她眼睛一样颜色的蓝绿色海水中游泳,她刚从水中出来,轻盈地走到岸边,太阳就更加热情如火,想尽快赢回这位维纳斯女神的芳心。赛格琳裸体漫步在沙滩上,任由细密的海水贴紧她的胸口,在她长着金黄色绒毛的小腹上蒸发不见。

比洛多幻想着,无欲无求;他只想像这样做梦,一直品味着这种让他目眩神迷的梦境,以及赛格琳的一切带给他的美妙图景。他唯一的愿望就是这场梦能这样长久持续下去,没有什么外界的干扰来打断他这份宁静的享受。

但那不幸的一天还是到来了。

5

八月下旬，一个阴沉的早晨。天空铺着厚厚的雨云，阵阵雷声从远方传来，老天似乎还没有决定要不要现在就降下大雨。然而这些并没有让比洛多太担心，因为他相信邮局的雨衣足够结实，完全可以抵挡任何强度的暴雨。何况不管多么可怕的天气，也无法阻挡他作为一个邮差的脚步。比洛多往来穿梭于山毛榉大街，爬上一级又一级台阶，直到碰到他的朋友罗伯特。罗伯特刚刚把某个信箱里的东西送回自己的邮车里。

他们很少以这种方式碰面，因为信件收集往往在比洛多送信之前就已经完成了，罗伯特辩解说，这是因为他昨晚和在酒吧遇见的一个名叫布兰达的美女疯狂了一整夜，所以早上没能按时起床。两人打过招呼，互相调侃了一会儿，比洛多想接着干活，但罗伯特却拦住了他——他对自己重新燃起的爱情之火有着说不完的话，他建议当天晚上由布兰达和他、比洛多和布兰达一个风骚的女友来个四人约会。比洛多叹了口气。他对罗伯特无休止的牵线搭桥行为感到烦恼。这位工友不忍看他继续过漫长的单身生活，认为这是种不健康的生活方式，并讽刺地称他为"力比多"，而且自觉地承担起介绍人的角色，试图让比洛多同所有但凡能喘气的生物进行交配。罗伯特偷偷为比洛多在交友网站上注册账号，将他的名字和手机号码公布在时尚杂志介绍当地性感人物的板块里，就像在帮他做征友广告。

罗伯特这些自以为是的行为让比洛多感到厌烦。比洛多再也不敢接陌生电话，他的语音信箱也常常被挤爆。但他并没有因此而怨恨罗伯特，因为他知道对方的本意是好的。毕竟，他只是想尽力帮助他。只是罗伯特有点过头了，他就是这样的人。不过他还是比洛多在这个世界上最好的朋友，不是吗？比洛多试着喜欢这个人，包括他的粗俗、自私、虚伪、投机取巧、习惯性的夸大其词，以及口臭。

尽管比洛多愿意原谅罗伯特性格上的小瑕疵，但他还是不喜欢被牵扯进乱七八糟的放荡行为中去。可罗伯特并不是一个能被轻易拒绝的人，所以他不得不迅速找到一个听起来比较可信的借口,这就是大雨降下来的那一刹那,比洛多绞尽脑汁要想的事情。

* * * * * *

一声惊雷突然凭空响起,好像一只巨大的薯片袋在头顶崩开,天空像裂了条缝。雨不断线地从天而降,几米以外就什么也看不到了。罗伯特迅速地把自己的邮包扔进车里,让比洛多和他一起上车以免被雨淋湿。比洛多觉得这个主意不错,他觉得自己最好也等到雨过天晴了再干活,便接受了邀请,并绕到了邮车的另一边。正在这个时候,马路对面传来的一声叫喊吸引了他的注意。比洛多回头一看,发现那个人正是格兰普,赛格琳的笔友,那个一年四季穿着同一身红色便服的男人,正站在正对面的三楼阳台上。

格兰普撑开雨伞,跑下楼梯,手中用力挥舞着一封信,毫无疑问,他是想在罗伯特离开之前把信寄出去。比洛多看着他大大咧咧地踩过已经水流成河的路面。他并不在意前方的道路干净与否便向他们跑来,喊着他们,让他们等一会。而他此刻并没注意到的是一辆卡车在大雨里乘风破浪前进着,正向他疾驰过来。比洛多伸出胳膊,大声喊着一句让格兰普小心的话,而卡车司机此时也按响了喇叭,因此格兰普根本没有听清他在讲什么。于是一切都来不及了。一声急刹车之后,卡车的轮子滑到湿漉漉的人行道上,随后传来"砰"的一声。车看上去是停住了,但出于惯性仍然撞到格兰普身上,他就好像一只巨大的布娃娃被高高抛向天空,然后掉下来,软软地摔在人行道旁十米远的地方。

　　路过的汽车都停了下来。世界也好像停滞不前。有那么一阵子,耳边的唯一声响就是马达空转的轰鸣声。豆大的雨点砸在沥青马路上,敲击着汽车的顶棚。格兰普现在已经没了人样,如果没有那么一阵又一阵可怕的战栗摇晃过他的身体,他看上去就好像是从某人怀中滑落的一堆换洗衣服。罗伯特第一个反应过来,他迅速跑过去。比洛多紧跟其后,他们在格兰普身边跪了下来。格兰普此时无助地躺在地上,他受伤了,四肢以一种怪异的角度弯曲着,浓密的胡须上沾满了血。尽管下着大雨,也没能把血冲洗干净。这个可怜的人还没有丧失意识。他用一种怀疑但惊恐的眼神看看罗伯特,再看看比洛多,他的睫毛如同一对蝴蝶的翅膀不停地扇动着,他的视线因雨水变得模糊。那封他急着要寄出的信仍握在他的右手里,比洛多看到信上的收件人是赛格琳。

夹杂着鲜血的红色雨水向下水道流去。格兰普显然坚持不下去了。他拼命地呼吸着，比洛多认为他已经没救，正要死去。但格兰普突然开始奇怪地喘气。让比洛多目瞪口呆的是，他发现这个临死的男人正在笑。这确实是笑声——沙哑的、空洞的、不带任何色彩的、令人毛骨悚然的笑声。比洛多打了个冷战，发现他并不是唯一吃惊的人。围观的其他人也被这个将死之人所发出的恐怖笑声吓得惊慌失措。格兰普就这么笑了一小会，好像这是一个痛苦的玩笑，继而被自己一阵剧烈的咳嗽呛住，喷出一嘴猩红色的血水。

格兰普挣扎着转过头，凝望着手中那封被鲜血染红的信，仍然紧紧地将其抓在手中。他闭上眼睛，咬紧牙关；他看上去就好像在用不知从哪里剩下来的力气牢牢抓着信封，显示着他最后的意志。突然，他说话了，吐出了几个音节，但由于声音太过微弱，比洛多和罗伯特得趴在他的嘴边才能听到：他喃喃地发出几个很难辨别的字，听着好像是在说"恩鞋"。说完后，一切就都结束了。格兰普睁着大大的眼睛，瞳孔散开，失去了光泽。他的眼睛里盛满雨水，形成两洼小小的池塘，而他临终前所说的话，那谜一样的言语仍萦绕在比洛多的脑海里。"恩鞋"指的是什么？这个濒死之人想表达什么意思？有那么一瞬间，比洛多确实很想去探究下格兰普的鞋里到底有什么东西，但转念一想很有可能是自己听错了。考虑到格兰普在说这个词的时候还伴随着痛苦的呻吟，这个词难道不该理解为"回答"？——这个要死的人已经清楚自己要面对的是什么，这个词就好像在暗示他要向那未知世界进行的最后一跃，以及即将进入的来世轮回。

突然，比洛多发现那封信已不在这个死去之人的手中。他猜想格兰普在死去的那一瞬间一定是松开了手，那封信也肯定是滑进了下水道，并被湍急的水流迅速带走了。然而比洛多又突然在一圈呆若木鸡的人群脚下看到了那封信，它正从默哀的围观者脚下被雨水的漩涡裹挟着向下水道的"小瀑布"漂去。比洛多像被电击似的跳起来，直直地向那封信追去，把围观者推到了惨祸发生的地点。他明白他要不惜任何代价把那封信拿回来。他奔跑着，弯下身子，伸手使劲去够那封信。他感到自己的胳膊好像拉长了，手指也随意地伸长了，他尽力地向前探着……但只差一点点——信还是被吞进了下水道。出于惯性，比洛多打了个趔趄，便一下子仰面朝天躺在了冰冷的雨水中。一

道闪电划过天际,就在这当儿,一个让他有世界末日之感
的想法在比洛多的脑海中闪过:同那封信一起消失在地下
如肠道般细密交织的下水道里的,还有他同赛格琳的联络
机会。

6

　　第二天早晨出门的时候,比洛多的情绪很低落。在他看来,好像当天的太阳都在哀悼着什么,好像它发出的仅仅是黑白电影才会有的冰冷光线。来到山毛榉大街后,他在路边格兰普出事的地方停了下来。令他难过的是,这里已经找不到昨天发生车祸的一点痕迹,甚至连一丝血渍都没有。雨水把一切都冲洗干净了。

　　那封信被下水道吞没的场景在他脑海里一次又一次回放,挥之不去。比洛多更加为自己的笨拙感到懊悔。如果他能够拿到那封信,至少知道格兰普在信中写了些什么就好了。他自问在读过之后还会把信寄出去吗?如果那场车祸可以避免的话,他很有可能这么做。但这些已经没有任何意义。赛格琳不会再收到那封信,因此也没必要回信,比洛多也就再没机会能欣赏她的诗。格兰普的死终结了这美妙的书信往来,终结了比洛多生活的乐趣。还有什么事能比这种无力感更糟糕的呢?

　　过了一会儿,比洛多向这条街相反的方向走去,他来到死者的家门口,把日常的账单和广告塞进他的信箱。他很清楚这种做法并没有什么意义,信箱里的信终究会堆积起来,直到邮局收到一封要求终止投递服务的信函。

　　他忧郁地想象着这所陌生公寓的内部构造。此时寂静已经占领了那里,时间也停滞了,还留有格兰普人世旅程唯一痕迹的只不过是几套家具,些许物件,静止在衣架上的几件衣服,照片和写过的本子。

　　　　　　　　* * * * * *

　　格兰普过世在附近并没有引起多大的震动,因为邻居们基本上对这个人一无所知。在玛德里诺餐厅,塔尼娅在他经常坐着喝咖啡的地方摆上了一支康乃馨。也就是这么多了。比洛多因此心想,这就是人们离开世界的方式:很偶然的,不会掀起惊涛骇浪,也不会给别人留下难忘的回忆,就像一只燕子迅疾地飞过蓝天,一只松鼠无意间跑过马路一般被他人迅速忘却。

　　也就是这样了。

* * * * * *

什么都没有改变。比洛多还是黎明时分起床上班，在玛德里诺吃午餐，然后回家。他的生活就这么波澜不惊地继续进行着。然而这一切都只是表象，在每天的风平浪静背后，一个连他自己都没有察觉到的微妙改变正在发生着。

首先，这是一种倦怠的情绪。比洛多将这种心情归咎于季节的变换，归咎于越来越短的白天和秋天的临近。但很快，更加明显的萎靡感出现了：一天晚上，比洛多正在偷看别人的信件，这时候他突然意识到这个在过去曾让他感到兴奋的事情，现在却变得索然无味。他最爱看的电视剧看上去也毫无新意，没有什么剧情能激发他的兴趣。他也不再惊奇于他人生活中所发生的戏剧性的事情。

第二天，在分理处，比洛多再不能像平常那样轻松地完成工作了。在往架子上扔信的时候，他几乎每扔两次就会失误一次，因此他不得不改用传统的分信方法来继续工作。他上班晚出发了二十分钟，本希望早晨的空气能让自己打起精神来，但在痛苦跋涉了三公里后，就感到浑身无力。更糟的是，他在山毛榉大街爬楼梯挑战自我的时候，只爬了二十四段楼梯,就不得不停下来喘气,还好是凭着一股子韧劲,在允许自己休息了六次之后,他终于勉强到达终点。他这是怎么了?是患了感冒,身体垮了吗?

比洛多到玛德里诺吃午饭时,发现自己一点胃口都没有,而通常情况下他是那种面对食物狼吞虎咽的人。现在他只点了一份蔬菜汤,最后还没喝完。他甚至懒得把写字用的工具拿出来——他没有任何心情写——但习惯使然,他还是这么做了。他处在一种困惑的精神状态之中。注意力涣散,脑中被乱七八糟的东西占据着。他在红灯亮起的时候过马路,险些被汽车撞倒。屋漏偏逢连夜雨。过了一段时间,比洛多在给一家送传单的时候,被一条拴着的狗攻击了。这条仅有一只眼睛的畜生,狗牌上说它叫"独眼大帝波吕斐摩斯",狠狠地在他右腿上咬了一口,直到它的主人给了它一铁锹才松开口。而且要不是听到狗的狂吠,主人都不会出来呢。真是倒霉的时候,喝凉水都塞牙。

* * * * * *

比洛多还得处理被咬后的麻烦事——注射狂犬疫苗,包扎伤口,他在急诊室里待了六个小时——这痛苦的旅程终于结束的时候,时间已经很晚了。他坐在往家行驶的出租车里,也特别想用铁锹好好地敲打一通来发泄一下。腿部阵阵的剧痛更使他恼火不已。他想抗争,但面对这一整天如影随形的霉运,他又能做什么呢?一回到家里,他就把门反锁了。他在起居室里来来回回地跛行着,想找个发泄愤怒的出口。他打开电脑,开始撒气在平息西昂星的叛乱上。他疯狂地敲击着键盘,屠杀着一群群生着触角的怪物。最后任务完成,他创造了新的纪录,但还是无法消除那翻肠搅肚般的愤怒。

最后比洛多决定去睡觉,因为他已经感到筋疲力尽。只有在注视赛格琳的照片时,比洛多才找回了一丝平静。他想象着这个美丽的瓜德罗普女人每天清晨打开邮箱,满怀希望地期盼着格兰普来信时的场景。但事实上,她不会再收到他的信了。比洛多想过应该写信告知她笔友过世的消息,但他显然不能这么做——这意味着要出卖自己,承认偷看了别人的信件。他不知道赛格琳能这样等多久?

* * * * * *

雷雨中,山毛榉大街,一场车祸发生了,但受害者不是格兰普,而是赛格琳。她无助地躺在湿漉漉的沥青马路上,浑身是血,奄奄一息。这个年轻女人向比洛多伸出了一只颤抖的手,恳求他不要将她忘记……比洛多一惊,从睡梦中醒来,喘着粗气,感到毛骨悚然。他很难区分这是梦境还是现实,因为这梦魇挥之不去,那恐怖的画面好像要主动深深烙印在他脑海中似的。比洛多急切地想要驱走这紧紧依附的恐惧,把赛格琳的诗摆在自己周围,形成一个可以抵御黑暗侵袭的圆。他开始大声朗读这些诗句,像在诵念护身咒语,但这却进一步加深了他的痛苦,因为这些话语并没有产生如他所愿的保护作用:那些声音从他口中发出,瞬间便被无尽的黑暗吞没,它们本能创造出的那种美妙图画并未出现。这些俳句突然之间变成了一堆废纸。就像标本夹中红消香断的花朵,这些精心抄写在纸上的小诗顿时失去了生气,渐渐褪色。

比洛多抖动着纸页,奢望着奇迹能再次出现,但最后得到的却还是手中的几张皱纸。竟然连赛格琳的语言都让他失望。在这个时候,他人生中第一次,真真是第一次,他感到前所未有的孤独猛然来袭,像巨浪将他淹没,带他来到了自己心灵的最深处,进入深海的黑暗之中,在那里,强大的漩涡把他卷进一个怪异的、张着大嘴的深渊——一个巨大的下水道口。他急于四处摸索可以依附的东西,一无所获,苦不堪言。

猛然间,比洛多清醒地认识到,他的生命中不能没有赛格琳,否则他将无法苟活下去,任何事情对他而言都将失去意义。他将永远失去生活中的美好、欲望、心灵的宁静以及所有类似的抽象感情。这些感情漂浮到了远处,渐行渐远,而失去这些之后,他将只不过是一块残骸。就像一只幽冥的船,无人掌舵,缺乏动力,顺着海流漂向远方,直到最后被马尾藻似的海草缠住而慢下来,这些海草用它们黏黏的网罗抓住他,它们的蔓茎伸向甲板,将他拉向水中挤压成一堆碎片。

这是一个多么可怕的场景啊!他会呆呆地任由事情这样发展下去吗?比洛多难道不应该做些什么,想些什么吗?怎么才能扭转这个悲惨的结局呢?他是否能依赖某个救生圈,找到什么途径度过难关?有什么办法能让他躲避不幸,继续将赛格琳保留在他的生命中呢?

当比洛多处在崩溃边缘的时候,他想到一个主意。

* * * * * *

这是个聪明绝顶的主意——新颖的,激昂的,大胆的,甚至比洛多都被自己吓了一跳,但他马上否决了这个办法。这个念头太疯狂,太危险又太荒谬,太过于冒险,同时也不知道到底是否行得通。这是个不理智、不正常,只有疯子才可能考虑的事情,要防止这个危险想法的蔓延,他得尽快杜绝这个念头才行。为了让自己不再想这件事,比洛多拿起游戏手柄,向西昂星的叛乱分子们发动了新一轮的猛烈攻击,但他还是无法将那个念头从脑海中驱赶出去,这个想法一遍又一遍蹦出来,怎么驱赶也无济于事。最终,比洛多厌倦了抵抗,他决定重新审视一下这个计划。

　　也许并非全然不可。虽然这个计划的确十分可怕,很冒险,但可能值得一试。如果有可能让他再找到一个机会能重新回到赛格琳的身边,这确实是唯一的解决方案了。第二天,苍白的天空破晓的时候,比洛多抬起了头:他明白他没有选择,他必须得试一试。

7

　　窗子的缝隙被一块块虬结在一起的毛巾堵上了。比洛多绷紧神经,仔细听着隔壁房门和阳台上的反应,眼神在楼下黑暗的小巷里搜索着,他没有发现任何动静。他使劲挤压着已经破裂的玻璃,让碎掉的部分从门内掉落下去。他的手穿过破洞,打开门闩,纵身跳进格兰普位于小巷边上的公寓里,然后迅速地在身后把门关上。他进来了。他成功了。

　　一股难闻的甜津津的味道钻进了鼻腔。他现在处在厨房的位置。他打开手电筒向前迈着步子,脚步尽量轻,试着不让地板发出吱嘎的声响。厨房里既没桌子也没椅子。这种怪味道是从吧台附近散发出来的,什么东西在那里腐烂了。可能是鱼。穿过厨房,比洛多冒险走上了门廊。这里的地板被一层柔软的材料覆盖着——但并不是一张剪裁合适的地毯,而是某种薄薄的床单,看上去一直延伸到了其他房间的地板上。走廊里有三扇门。第一扇门通往卧室，第二扇门通向一间小小的盥洗室。再往前走就是起居室，它被一扇大大的屏风分隔成了两部分。比洛多绕过一个看上去矮小且形状奇怪的雕塑，走到了屏风的另一边，他发现眼前摆着一张写字台，旁边是一把带脚轮的扶手椅。在确认百叶窗已经关上之后，他便在扶手椅上坐了下来。

比洛多用手电筒发出的光束扫过书桌，看到上面有一台电脑，一个日历，几个小摆件，一本字典，几支钢笔和几张纸。当他定睛在那几张纸上时，突然发现了此行的目的：纸上写满了字，绝对是格兰普的手迹。在书桌最上面的抽屉里，他还发现了更让他兴奋的东西：死者写的诗——俳句。整整有一札之多。在这些诗的旁边，比洛多还发现了赛格琳的诗，她的原信，而他自己所保留的只不过是它们的复印件。同时还有她的照片！

比洛多激动不已，他热爱这个笑容，他的心灵能因此得到抚慰，她那温柔的杏仁状眼睛凝视着，总让他浮想联翩。他闻了闻那些能让赛格琳亲手抚摸过的幸运纸张，她芬芳的气味仍然留在纸面上，他亲吻它们。这种短暂的愉悦已经足够弥补他这许多的担惊受怕，但他的目的还未达到：他继续搜寻着，打开了另外几个抽屉。他最想得到的是格兰普上一封信的草稿，就是被无情的下水道吞没的那封，这才是这次冒险行动的目的。但就在他刚刚要开始寻找的时候，他听到门外有响声，是几个人在楼梯上说话。比洛多马上跳了起来，一把将手电筒的光熄灭。只是邻居在上楼吗？还是警察要来逮捕他这个可耻的入室盗贼？比洛多不想坐以待毙：他把他看到的纸尽可能多地塞进夹克里，然后锁上门，从房间里冲到那个立着一座愚蠢雕像的起居室。他飞也似从后门逃出来，跑下楼梯，然后飞速向小巷子的出口逃离。直到跑出了两个街区，确定没人在后面追赶，他才敢放慢脚步。他强迫自己用最自然的姿态步行，以免引起路人的注意，但他的心却还在胸腔里砰砰地跳着，如擂鼓一般。

* * * * * *

比洛多好好洗了个澡，为了冲掉做贼心虚所流出的大量汗水。他坐在桌子旁，再一次阅读着赛格琳写的俳句。他欣喜地发现这些小诗又恢复了以前的能量。接下来，他又查看了此行的其他收获，尤其是格兰普写的俳句，最后肯定了自己长久以来的怀疑：这两个人是在——曾经是在——进行着某种类似诗歌的交换和切磋。但格兰普写的俳句看上去和赛格琳的还是有些不同，并非形式，而是意境：

时光，如流水
在崎岖的岩石上打着旋
周而复始

城市里烟雾重重
它抽了这么多香烟
准保要得肺气肿

它们激荡着海水
摇晃着森林
引出了地球的一串低喃

兔子不是傻瓜
它从洞穴中逃脱
没有人愿意在那里傻等

越过地平线

向天地的尽头眺望

邂逅并拥抱死亡

比起赛格琳写的诗,格兰普的显得更为理性,更具有戏剧性,但同样能带给人启迪:他的诗也使人有身临其境之感,意境却更加灰暗。比洛多拿到手的大约有一百首。问题是它们都没有编号。没有什么指示性的东西能表明它们被完成的时间顺序,或者是给赛格琳寄去的顺序,没办法知道哪一首才是最后的那一首,那首并没有寄到她手里的诗。

比洛多把赛格琳照片的原件放在床头柜的桌子上。然后他在黑暗中舒展开身体,思考着行动的第一阶段完成后接下去该做什么。是继续第二阶段?他还敢继续进行这个疯狂的计划吗?

比洛多睡着了,做了个奇怪的梦。他梦到加斯顿·格兰普躺在山毛榉大街的马路中间,正在死去,就像他醒时看到的场景一样真实,只不过这个垂死的男人似乎一点都不痛苦。正相反,他好像乐在其中,甚至向比洛多眨了下眼睛,像是在说"我知道"。

清晨,当比洛多醒来的时候,他决定继续执行原计划。五年来头一次,他向邮局请了病假;然后,甚至都没有时间去喝杯咖啡,便开始研究起格兰普的手稿,运用之前练习书法所学到的所有技巧模仿着他的笔迹。

在仔细看过这位逝者的手稿后,比洛多马上找到了一个不同寻常的特点:在纸页的任何地方,有时候会是在诗的正中间,会出现一个手绘图案。这是个用不同花纹装饰的圆——可能是个造型新颖的大写字母 O?——看上去作者好像对这个符号乐此不疲,到处都是。这个 O 有什么特殊含义吗?比洛多猜不出。单就书写风格而言,格兰普的字还是很有意思的,大大方方,遒劲有力。笔画很粗,棱角鲜明,大胆采用了草书和印刷体相结合的方式,在纸面上刻划出深深的痕迹。这是一种比洛多不可能拥有的一种很男性的字体。然而他自信能够模仿成功。他选择了一支和格兰普所用的钢笔颜色相同的笔,开始了第一次尝试。他颤巍巍地临摹着格兰普的几行诗句。

还没到中午,第一个笔记本就很快用完了。比洛多的午餐是一罐沙丁鱼罐头,他心烦意乱地踩在一摊揉皱了的纸上草草把它吃完,接着便马上投入到工作中,一直忙到黄昏,如果不是因为手抽筋的话他还不会停下来。揉着酸痛的手腕,比洛多心灰意冷了一阵子,想到了放弃。但当他幻想赛格琳伫立在美丽海岛上的倩影时,他又重新振作起精神,再一次拿起钢笔,信心满满地在纸上挥舞起来。

入夜许久,比洛多才觉得这一天终于卓有成效;因为他大致能模仿格兰普的笔迹了。这样一来,他计划的第二部分也成功了。他尽量不让自己骄傲自满,着手为下一个挑战做准备,这个挑战要困难得多。因为模仿成功格兰普的笔迹还只是一小步——他得知道该往信上写什么。

他之前故意不往这方面想,而选择全神贯注于这项任务的技术层面,但现在却不得不考虑这个问题了。能模仿格兰普的笔迹固然好,但更重要的是,他需要拥有格兰普的写诗才能。现在比洛多不得不闯进一片仍然未知的领域,进入诗歌的异国,试着写出一首能让赛格琳感到耳目一新的俳句来。

* * * * * *

比洛多揣摩别人言语方面的能力在此时显得捉襟见肘——破晓时分,他所能想到的词只有一个,**水**,还是受赛格琳上一首关于婴孩游泳的俳句的启发。他再也想不出什么更有才情的词语添上去了。当然人们能给这个词配上各种各样的修饰语:清澈的水,流动的水,凝滞的水。但能称之为诗吗?他整个早晨都处在恍惚中,努力给他的水字加点什么来使它超凡脱俗。酒水? 自来水? 苏打水?

水源?

在允许自己稍作休息后,他开始梦见自己溺水。在淹死之前他及时醒了过来,让自己的肺部重新被空气所充满,他继续回到空白的稿纸前。洗碗水? 圣水? 水虱? 水厂?

跳到水中?

在水面上行走?

最后,在看了很久金鱼比尔在鱼缸里不停做着的圆周运动后,他坐下来写道:"水中鱼。"这是第一行有五个音节的句子。三行诗的三分之一。

比洛多用一种批判性的眼光盯着这几个词,然后把它们从纸上划去了。

三个词,他没有一个满意的。如果照这个速度下去,可能到圣诞节他还在这里绞尽脑汁地寻找灵感。

他必须得加快速度了。比洛多思考着怎样才能从一个普通人变成诗人。可以后天学会吗? 还是有一门课程叫做俳句初级? 电话黄页上没有记录有哪一家专门教人写诗的学校,所以在这种紧急情况下都没有什么人可以求助。难道需要去日本领馆打听一下？但至少有一件事情变得清晰起来:比洛多不得不去了解更多与令他抓狂的俳句相关的知识了。

8

在中央图书馆日本文学区搜索的时候,比洛多找到了几本非常有指导意义的书,他没花多长时间就知道了他羞于下问的俳句知识。原理实际上很简单:俳句力求使永恒与短暂共存。一首优秀的俳句应该提到自然或其他非人类才拥有的特征。俳句应该言简意赅,精确,同时充满复杂和微妙的特点,避免使用如押韵和比喻等惯用的文学技巧和修辞。俳句的艺术就是一门精细摄影的艺术。可能是一个人一生中的某一缩影、一段回忆、一个梦境,但首先是一首实实在在的诗,能够刺激感官,而不是思想的教义。

比洛多开始明白个中奥妙了。甚至连赛格琳和格兰普书信中你来我往的那些俳句此时都有了更确切的含义:这种活动被称为连歌,是中世纪日本皇室所举办的文学比赛中的传统项目。

在了解到这许多精妙的事以后,比洛多非常想找人来一起分享。他将自己的发现告诉罗伯特,给对方读了几首由著名诗人芭蕉、芜村和一茶所写的经典俳句。但俳句理念中的"不易"和"流行"——也就是永恒、超越人类的不朽和短暂、朝生暮死的瞬息性——之间微妙的平衡,对于这位旁观者来说是很难理解的,罗伯特仅仅将其看作一种复杂形式的精神自慰。但这并不意味着罗伯特对日本文学抱有任何偏见。相反,他承认自己喜欢看日本漫画,那种大众类型的,尤其喜欢描述各种怪异性爱的变态漫画。他之前曾极力地向比洛多推荐过,还拿出一本让其观摩。

　　而比洛多则更想找一个在智识层面志同道合的人交谈,他找到了塔尼娅。这个年轻的女服务生一开始并没表现出多大兴趣,因为当时是餐馆最忙碌的时候。当他在她面前展开一本从图书馆借到的用古日语书写的珍版《十七世纪传统俳句》的时候,他所期盼看到的热忱目光并没在她眼中出现。虽然塔尼娅承认里面的诗歌很美很神秘也很玄幻。比洛多对此表示十分同意:结合表意符号和音标片假名,日语的书写方式将俳句的美烘托到了极致,甚至将那种难以言传的韵味淋漓尽致地渲染了出来。

＊＊＊＊＊＊

可爱的金鱼，

在它的鱼缸里吐着泡泡，

游着，摆动着鱼鳍

这样写会有诗意吗？比洛多渐渐开始觉得自己悟出精髓了——还有什么能比金鱼更日本的呢？——但现在他倒没那么肯定了。但他能感觉到自己的方向越来越对，他也越来越能体会到俳句所推崇的特性："轻盈、真诚和客观"以及"热爱所有创造物"。可是，所描写的事物本身也是需要拥有可以赞美的特点的。他虽然很尊敬金鱼比尔，但鱼类真的是体现诗意的最好的动物吗？比洛多在脑中搜寻到了另一种更合适的生物来代替金鱼，他想到了鸟，这种动物本身就很"轻盈"：

鸟儿啾鸣

停在天线上

身后是蔚蓝的天空

这首比用鱼做主语的那首效果更好吗？比洛多为自己平庸的才华感到沮丧，觉得刚刚树立起来的自信在渐渐消退。明白俳句在理论上应包含的内容是一回事，能写出这么一首俳句是另一回事。

同样，文学修养也是一个问题：不管有多少艺术价值在里面，关于鱼的俳句和关于鸟的俳句都不像是出自格兰普之手，这是这两首诗最根本的缺陷所在，而关键是他必须得写出一首有鲜明格兰普风格的俳句。比洛多需要成功地揣摩出来这个故去之人的心思意念，以免赛格琳产生怀疑。

* * * * * *

比洛多突然想到他可能不得不对格兰普的笔迹做一番笔相学方面的研究，因此他找到一本专门讲这方面的书。但他很快意识到这门科学还是以经验做基础的，是需要通过大量实验才能获得的技艺，他怀疑自己是否有能力在如此短的时间里用这种方式准确描摹出格兰普的性情。当天晚上，当他在电视机前集中精神阅读这本书的时候，他的注意力却被电视节目中一位被邀请来讲述其艺术生涯，以及如何将一位过世多年的国家元首演绎得惟妙惟肖的演员所吸引。他谈到自己最初是如何注意到这位伟人的一些小动作，对方的某些怪癖，为人处事的方式，生活习惯等等，他于是开始对其加以模仿，直到最后从中窥探到了这个人物的性格及其内在。此番话让比洛多深受启发，他合上了那本笔相学巨著，认为可能会从刚才的谈话中找到一条有希望的捷径。

比洛多第二天来到玛德里诺餐厅，没有坐在原来吧台旁自己的老位子上，而是选择了格兰普经常入座的长凳，叫了他喜欢吃的食物。在给比洛多端上一盘西红柿三明治后，塔尼娅显示出不解的神情。比洛多一边吃着这份三明治，一边在这个新位置上欣赏着周遭的事物，不光是餐厅内部的，还有窗外的景色。

吃过午饭后，他继续着日常工作，但仍不忘练习将自己变成格兰普。他认真地观察着周围的世界，寻找着任何可能带来写作灵感的事件和细节。比如，毛毛虫爬过人行道，纵横交错的树枝搭成的网隐蔽着大街，松鼠在公园长凳下斗嘴，风吹着晒衣绳上的粉红色长裤四处摇摆——其中哪一项有成为诗的潜力呢？

比洛多来到山毛榉大街，开始悠闲地在街上散着步，努力用格兰普的眼睛看世界，用他的感觉感受周围。就在

比洛多准备要进入格兰普那已经空置的公寓时,他才最终发现了走入这个男人内心的真正道路,是一张广告:

红底黑字,用胶带贴在了窗子上,上写"此屋出租"。

* * * * * *

比洛多在一个极小的菜园里找到了这间公寓的房东。她是一位装扮得体、谨小慎微的女士,因为看到比洛多的邮局制服而消除了疑心。这位布罗丘女士暂时放下手中的活,把他带到公寓的三层,给他开了门,与过去不同的是,比洛多这次是正大光明地进来的。而今在光天化日下大大方方走进这个老地方,同之前只有依赖夜幕的笼罩才能偷偷溜进来之间的差异,给他一种奇怪的感觉。同之前对这间屋子的印象完全不同的是,现在他眼前看到的房间舒适明亮,日本风格的装潢让它与众不同。而上一次进来的时候,比洛多都没有注意到这一点。因为当时他只能借助手电筒微弱的光线模模糊糊地看个大概,而且是在那么一种紧张的情绪之下,所以他并没发现这里的家具、百叶窗、台灯,基本上所有家具装潢都展现了别样的日式风情,让人有坐着飞毯瞬时来到那个太阳旗国土的奇妙之感。

比洛多四处望去,满眼是若干姿态怪异的盆栽,一台打字机,几件小摆设,雕塑成倦怠艺伎、笑容狡黠的矮胖僧人、或挥舞宝剑怒发冲冠的武士的装饰品。那些比洛多曾经很好奇是什么材质的地毯事实上是榻榻米专用的垫子,如同巨大的拼图一样在地板上被一块块拼接起来。而他上次逃跑时不幸撞到的奇怪物体其实是一件由昂贵木料打制的小桌子,雕刻成一片树叶向叶柄弯曲的形状,可以充当茶几使用。在书桌的另一边是唯一一处有西方风格的所在,那里立着一个高高的书架,上面堆满了书。一架纸质的折叠屏风从中分隔开了起居室,屏风上画着樱花怒放在山间的风景,屏风的另一边一定是用作餐厅的区域。因为这里只有一张矮桌,旁边围一圈刺花的垫子,其中一张上放置着一尊微型的禅意花园。

卧室的装修则从简,只有一个蒲团和一个衣柜,衣柜装有活动门,门上是一面可照全身的大镜子。关于洗漱间,里面放着一个怪模怪样的木盆,盆子正中间还竖着一个高高窄窄类似大桶的东西,毫无疑问这是为了方便清空浴盆里的水而专门设置的。

如此看来,格兰普是个日本文化的狂热爱好者。因此他对俳句的热情也就是意料之中的事情了。他过去一年四季都穿着的大红睡袍现在看来明显地就是一件和服,这件和服现在不知是被丢弃在了殡仪馆的哪个角落里,或者已和它的主人一起烟消云散了。

厨房简直无可挑剔,之前闻到的腐烂气味现在已经荡然无存——一定是被布罗丘夫人清理过了。后门破碎的玻璃换上了新的。没有任何迹象显示不久前这里曾被非法闯入过。布罗丘夫人有些慌乱地解释道,当她得知房子的上一任住户在遗嘱里将这里所有的家具和个人财产都留给了她时,感到非常震惊,因为这位租客既不是她的子嗣,又和她没有任何亲属关系。然而,对这位可爱的女士而言,这其实是件麻烦事,因为她不得不想办法处理掉这些物品,但对于比洛多而言却再好不过了:他表示自己愿意按现有的条件和装修风格整租下这间公寓,里面的东西都保持原样——布罗丘夫人对这个安排非常满意。几分钟之后,比洛多就签署了租房协议,拿到了房门钥匙。

比洛多内心充满狂喜,他坚信自己已然得到战胜诗歌困境的终极武器了。有什么能比得上亲自在格兰普平日生活起居的环境中观察,在他生活过的地方生活更能探究他的内心世界的呢?比洛多在公寓的每一间屋子中穿梭往来,兴奋和刺激在头脑中澎湃着,直到他对这个世界的细枝末节都了如指掌。他仔细检查每一件物品,将自己浸润在这里的气氛中,与房间里的所有东西呼吸同一种空气。比洛多像吸血鬼似的嗅着墙壁中尚存的屋子前主人的气息,找寻关于他的一切线索,直到最后能深深地潜入进格兰普的内心世界,这样比洛多就可以轻轻松松地想格兰普所想,以他的口吻去作诗了。

9

比洛多在格兰普的壁橱里没有找到什么令人毛骨悚然的奇怪东西,在他的冰箱里也没有发现任何值得可疑的物品,甚至碗橱上也没有丝毫引起注意的玩意,他发现的最多的莫过于茶叶米酒。他倒是在衣柜抽屉里和脏衣筐里发现了为数众多的不配对的袜子,他思索着这个臭烘烘的线索能给他深入格兰普内心带来什么启发。难道说格兰普生前有在自助洗衣店里偷袜子的癖好?抑或是他喜欢收集袜子?可能他需要这么多袜子以备满月时变成蜈蚣之需?除此之外,这间公寓和其他公寓一样,毫无二致。

让比洛多印象最为深刻的是书架上堆放的书籍。当然大部分都是日本作家的作品。架子上有数百本之多,封面上写着的尽是充满异域风情的书名和作者名。他随便从中抽出一本作者是一个叫做三岛的人的小说,在书中看到了一章关于一位年轻妇女将自己的奶汁从乳房中挤出来滴在她所爱人茶杯中的故事。比洛多被这个怪异的描写搞得心神不宁，他合上了书，决定过一阵子再来接受日本文学的再教育，之后他开始研究起上回探险时没来得及拿走的格兰普的那几页东西。

他找到了一封来自赛格琳的信，一封普通的信函，通篇都是诗句，寄自三年前。这是这个瓜德罗普女人写给格兰普的第一封信，她在信中介绍说自己是一位日本诗歌的热爱者，对格兰普发表在一本文学刊物上的一篇评论小林一茶俳句的文章表示了欣赏和赞同。继而他们就这样你来我往起来。之后的信件内容见证着一种由于相同兴趣所培养起来的亲密感是如何在两人之间飞快地发展起来的，也解释了两人是怎样开始这种类似斗诗性质的比赛的——这原来是格兰普的建议。以上就是两人相识的过程。在日本文学欣赏上的志同道合使他们跨越了地区的限制，成为朋友。到目前为止，至少一个谜题已经解开。

受到这个成绩的鼓舞，比洛多决定再试试。由于当天是周五，所以他有一整个周末的时间练习写诗。他把自己关在屋子里，拉严百叶窗，向那些年长的俳句大师们献上祷告，诚挚地希望他们赐予自己写诗的能力。然后，就像一个采珠者潜入深海,他一头扎进了自己的精神世界中。

比洛多深信自己之前的俳句所缺乏的是"不易"这个要素——即对永恒的描述——他花了一整晚的时间来琢磨写一首歌颂黎明重现的诗,花了仅仅几个小时就完成了:

太阳出来了

从地平线上爬升

像一只巨大,金色的气球

比洛多自以为写得还不错。不管怎样里面包含了很多永恒的意味。但却少了"流行"的元素——也就是短暂或俗世的部分——看来还不甚完全? 比洛多想要的俳句是这两大元素的完美融合,这样才是一首好的俳句,所以他又开始行动起来,他要尽一切努力使这两个截然不同的部分组合成完美的比例。

太阳出来了——

我把奶酪片

放在我的奶油吐司上

太阳出来了——

像一个巨大,金黄色的肚脐

悬在空空的肠子上

太阳出来了

像一片金黄色的奶酪——

现在让我们去吃早饭吧

比洛多听到自己的肚子在叫。没什么好奇怪的,从前一天开始他就没怎么吃东西,而是一直醉心于这项富有创造性的工作。他想知道这样是否可以说明一件事情终能被另一件事情所解释。是否诗歌其实和肚子饿差不多?比洛多暂且将这个问题抛在脑后,而是到当地的一家名叫美味东方的日式料理店吃了一顿午饭。

＊＊＊＊＊＊

下午晚些时候,布罗丘夫人来到他的公寓中做客,还带来了一篮子水果作为欢迎他到来的礼物。这位女士注意到了他搬进来的神速,一直好心提醒他别落下什么需要的东西。比洛多不愿放过一丝一毫可以了解格兰普的机会,他留这位女士喝茶,并在那个漂亮的叶子形状茶几旁招待了她。在礼貌地寒暄了几句后,比洛多自然地把话题引到了这间屋子的前住客身上。他回忆了格兰普车祸时的可怕场景,两人为此发表了感言,进行了哀悼。在交谈中,比洛多得知格兰普以前在附近的社区学院教文学,尽管他年纪还不大,但几年前就提前退休了。布罗丘夫人感觉到比洛多对格兰普所产生的浓厚兴趣,她透露说那个可怜的男人在人生的最后一个月里表现得很是怪异——他几乎没有离开过他的公寓,并且一遍一遍重复播放着一张中式音乐的唱片。她自忖格兰普可能处于精神崩溃的边缘,小心翼翼地悄声说出他注定会走到末日之类的话。

在布罗丘夫人离开后,比洛多边清洗茶杯边回味着刚才的谈话。格兰普的性格某些方面仍然不甚明朗,他的思想也在很大程度上依旧是个谜团,但比洛多已经开始见到曙光了。这位女士的谈话带来了一个新的线索:音乐。比洛多不知这个线索是否能让他更好地了解格兰普。他马上着手在格兰普收藏的唱片中寻觅,很快就找到了这位女士曾经提到的中式音乐的那一张——事实上这是一张传统的日本音乐唱片。他选择了其中一首,放了出来。动听而哀愁的笛声和某种弹拨乐器所发出的琴音从乐者手中缓缓流淌出来,如泣似诉地回荡在起居室中。比洛多突然有了灵感,提起笔便开始写了起来……

* * * * * *

他边写诗,边听曲子,大口喝着茶,昏黄的下午时光就这么流走了。弦音在古筝上荡漾,还伴有三弦琴高昂的音调,有时是二胡,更衬托出天籁般的音色和一个女人空灵的哼唱。比洛多写着诗,貌似恍惚之中,他用尽全力想要达到一种"侘"的境界(即同自然和谐共生理智的美),陶醉于古老的"寂"的美好之中(简单、平静、孤寂)。他想象着自己来到深秋红叶满山的皇家领地,试着描绘出那里的秋风瑟瑟,沙沙作响的叶片,即将要离去的鸟儿的鸣唱,以及昆虫最后一次啃噬的声响。

他写着,搜寻着最恰当的词语,努力将悬浮在半空中的景象趁其消失之前就用文字描摹到纸上,他就好像在用纸做的网子捕捉着这些翩翩飞舞的蝴蝶,然后将它们定格在本子上。他经常会想到一句自己还满意的句子,但五分钟后就又觉得空洞乏味,于是把它们喂进了废纸篓中。他重新下笔,在一地皱巴巴的废纸中间踱着,偶尔休息一下,去到禅意花园的沙土上写写画画，或者再读一读格兰普或赛格琳的诗句。他将这些句子大声朗读出来，以便更好地赞美两人心有灵犀般的默契。

他叫了美味东方餐厅的寿司，只有在金鱼比尔没有看过来的时候才小心翼翼地吃一口。吃完后便又接着写了一整晚的诗。他身上盖满了打了底稿的白色稿纸。然后又写了周日一整个白天。仅仅依靠米酒充饥。之后又写了一整个晚上，直搞到头晕耳鸣，目光斜视，手已经无法握紧钢笔。他这才扑倒在蒲团上，沉沉睡去，梦中出现的尽是动态的象形文字，同时也梦到赛格琳解开衬衫，从乳房里挤出一点乳汁，滴在了他的双唇之间……

当他周一早上醒来时，头两边的神经还在鼓鼓地跳动着，他吞了四片阿司匹林，洗了个长长的澡，然后在几页有幸逃脱被毁厄运的稿纸中挑选着，最后选了一首写暮光的俳句：

太阳下山了——

它在阳台上打着哈欠

到我的窗子边打着呼噜

这首三联句还带有那么一点诗歌的韵味,比洛多这么想,起码还没有差到和格兰普的诗完全没有可比性的地步。这个想法可能不错。但又看上去还不够好,他整齐地把这页纸叠起来,撕成了极小的碎片,然后绕了一圈洒在了自己的周围,纸片如同雪花一般飘落到地面上。两周之内,他第二次向单位请了假。他在家泡了杯热茶,又开始继续这项未完的事业了,他下定决心要竭尽全力,在所不辞。

快到中午的时候,信筒盖突然响动的声音让他吓了一跳。比洛多心里有些醋意地想到找人来代替他的工作并不是一件难事,然后他走下楼去取走了格兰普的邮件。其中两封是广告,一封是账单,还有一封是赛格琳写来的。

* * * * * *

比洛多好不容易才控制住了自己激动的情绪。这是意料之外的情况。他从未想到赛格琳会在格兰普回复她关于小海豹的俳句之前就又寄来一封。他用颤抖的手拿着小刀,裁开信封。像往常一样,里面只有一张信纸,上面写着:

是我惹你生气了吗?

让我们忘掉这不悦吧——

我是否仍是你的朋友?

比洛多被这首俳句坦诚、直白的内容强烈地刺激到了,甚至为言语中所传达的几乎是赤裸裸的焦虑之情而感到惊慌。赛格琳习惯了她这位笔友的准时,此时她明显地表现出了由于得不到他的回信而感到的担心;这个可怜的女人以为自己在某个地方得罪了他。比洛多想象着她在写信时的不安,焦虑的表情在她可爱的脸上展露无遗。想到赛格琳美丽的脸庞会因此而变得衰老以至于憔悴,比洛多对此无法容忍,他觉得自己要抓紧时间行动了。他需要尽快写一封回信来安慰她,让她能够重新拥有灿烂的笑容。比洛多没有时间拖拖拉拉了,他最后得寄出一首该死的俳句!

10

　　加斯顿·格兰普的新坟间刚刚长出一层青草。比洛多冥想着。他希望能呼唤出什么,可能是这个已死之人游荡在人间的灵魂。他静静地在脑海中描述着赛格琳的焦虑、情况的急迫性,强调自己的初衷是正直的,感情也是真挚的。他用最谦逊的态度告诉那个沉睡在地下的男人,他为模仿其作品付出了辛勤的努力,恳求他能启发自己:告诉他还能做什么? 还有什么他没有采取的行动? 他需要做出什么样的牺牲? 他还没有找到能开启横亘在他通往诗歌通途之上的大门钥匙?

　　比洛多跪在湿润的草地上,等待着,全神贯注地倾听着,但墓穴中没有传出任何指示,没有任何阴森森的回答。表面上,这个死去的人没有什么可供他参考的意见。然而……

＊＊＊ ＊＊＊

日有所思夜有所梦，当天晚上比洛多就梦到了格兰普。梦中，比洛多一觉醒来发现格兰普就站在自己床边，身上还裹着那件红色的和服。虽然他苍白的眉毛和纠缠在一起的头发上还残留着斑斑血迹，但这个鬼魂却一直微笑着。他保持着这副表情，脚上像装了轮子似的在屋里四下移动。他就这样移到衣柜旁，打开门，用手指着最上面的架子……

比洛多醒过来了。至少理论上是如此。他不知道是否自己是处于梦境的更深一层——到底是他梦到自己醒过来了——还是事实上这次是真的醒来了？然后他注意到眼前并没有什么格兰普的鬼魂，他相信了自己的第二种判断。他看向衣橱，对梦中鬼魂用手指向柜子的举动感到疑惑。当然这只是一场梦，但比洛多还是无法抑制住自己的好奇心，他决定到近旁去看看究竟，说不定真有什么东西呢。他打开柜门。最上面的架子高且深。比洛多伸长胳膊，用指尖向里面探索着。他摸到了什么。原来是一个放置在柜子最深处的盒子。他感到吃惊，并把盒子拉了出来。这是一个黑色的硬纸盒，很大，但并不是很沉，上面印

着日本字。比洛多把它放在床上，揭开了盖子。发现里面
是一件包在薄棉纸之中的红色和服。

＊＊＊＊＊＊

　　这件衣服看上去好像还没有人穿过。比洛多把它从
盒子里拿出来展开。衣服的质地是丝质的闪光面料。这
确实是一件漂亮的衣服。比洛多按捺不住，穿上了它。让
他惊奇的是，这件衣服让他觉得特别舒服。他走了几步，
转了几圈，想看看这件和服有多么轻便。他将衣服的系带
子甩来甩去——觉得有点像阿拉伯的劳伦斯第一次穿酋
长服的感觉——然后在镜子里好好地欣赏了一番。这件
衣服十分贴身、合适，好像特意为他而做。让比洛多吃惊
的是，他觉得就好像有一股细细的电流从他的神经间流
过，使他全身兴奋了起来。突然一个激灵，他跑出卧室，奔
向起居室。他坐到书桌前，拿出一张白纸，找出一支钢笔，
笔尖停留在纸上。之后奇迹就发生了。笔尖开始在纸上
游走，在上面划下类似地震仪才能产生的折线。比洛多难
道还是在梦中？灵感突然就造访了，就好像堤坝决了口，
像熄火的引擎最终发动起来。图像在他的眼前蜂拥而过，
像台球一样互相碰撞，他几乎应接不暇。

一分钟过后,终于结束了:这种神秘的力量离开了比洛多,只留下他在那里筋疲力尽。在他眼前摆着一篇完成了的俳句。这首诗像是自动生成的,一次成形,没有做任何修改,不论是谁都得说这绝对是格兰普的笔迹:

终年不化的积雪

在高高的山峰上,永不改变

就像我和你的友情

比洛多想弄明白刚才到底发生了什么;他认为这可能是一种条件反射,由于受到了发现和服的刺激而产生的。身穿这件象征格兰普的衣服大概激发了他尝试数天都未能成功的创作活动。也许是他通灵了?比洛多难道刚才被格兰普的灵魂短时间附体了?难道是格兰普的灵魂听到了他的愿望,帮助了他?比洛多犹豫不决。但最重要的是那首诗:不管是不是依靠了精神因素,比洛多刚刚写下了在他看来是他一生中最好的俳句。然而这首诗是否能够安慰赛格琳呢?它对她有吸引力吗?

比洛多把信折起来装进信封里。但就在要封上信封的时候,他犹豫了,他还在为一件小事而纠结:是不是应该把格兰普过去常常在信中画的那个圆圈加上呢？这也许是签名或印章的象征，如果缺失的话会引起别人的怀疑？他需要再看看格兰普的回信才能决定；这样的话，他所遗失的格兰普的最后一封回信的重要性就又显明出来了，而他才刚刚从这个遗憾中走出来。他封上信封，在改变主意之前迅速地把信寄了出去。

要等五六天的时间赛格琳才能收到这封信，并且她的回信寄来也至少要同样长的时间——这还是基于她并未怀疑信的真实性、肯回信的基础上。事情如果照这样发展的话，他的计划就成功了。

＊＊＊＊＊＊

十一天后，他收到了回信。比洛多用尽心中所有的热情期待着这封信的到来，不住地祷告，再也不敢拿起笔或者穿上那件红色和服，生怕会破坏命运微妙的平衡。如今，这封信到底还是来了，此刻就在他的手中，他像被定住一般呆呆地站在书桌前。然后迫不及待地冲到男厕所，把自己锁在最后一个格子里，拆开信读了起来：

高耸入云的危岩

接受着谦恭的攀登者

充满敬意的朝拜

　　比洛多仿佛瞬间就被带到了丁丁西藏历险记中描述的喜马拉雅山的场景里。他紧贴着岩石,站在一座险峰的山腰处,脚下山坡上洁白无瑕的雪地,在强烈的阳光下使人炫目。他的眼前耸立着那座最高的山峰,其实距离很远,但在稀薄的空气中又显得触手可及,在深蓝色天空的衬托下棱角清晰、庄严肃穆、崎岖巍峨却又盛气凌人……

　　在比洛多回味完赛格琳的诗句后,他感到整个人精神焕发了,似乎强壮如雪人。如同在大出血后得到新鲜血液的补充,在就要窒息的危急时刻吸入了一缕空气。他在洗手间里兴奋得不能自已。这个办法行得通! 她信了!

11

某些险峻的高山

是希望最后

能有人敢来征服他们的

虽然他们表现得很刚强

炫耀着他们白雪的衣衫

但其实都有一颗柔弱的心

他们在晚上尤其害怕

因为孤独而哭泣

他们的眼泪流成了瀑布

这就是为什么

山间的湖泊

会冰冷而寂静地存在着

* * * * * *

比洛多得到了完全的幸福。他还有什么不满足的呢？那件和服就挂在衣柜里，随时待命，但他尽量不老去穿它；他要省着用，只有在要给赛格琳回信的时候才去穿。那时他要做的就是套上这件有魔法的衣服，让自己的灵魂生出两翼，飞走，然后让色彩和幻像在脑海中翻腾。比洛多不想相信出现这种现象完全是出于超自然的因素。他觉得那件和服的出现和梦见格兰普的鬼魂只是一个简单而幸运的巧合，剩下的全是自己的潜意识在做功。何况，他也不愿意再深究下去，担心太过好奇会放慢创作进度，让他写不出这么好的诗歌来。奇迹发生的根本原因对他来说并没有那么重要，只要行得通，只要他能继续给赛格琳回信，只要他的梦中能看到她在静静的小溪边吹着笛子，像卢梭画里那样逗弄着一条响尾蛇，然后在青草地上沉沉睡去，野花将她围绕其中，森林中的动物们争先恐后地守卫在她身旁，一切都无所谓了。

微亮的晨曦

透过微微张开的睫毛

变成五光十色的舞台

一朵花从水果贩的头发上

翩翩飞起

原来是一只蝴蝶

小小怪物们组成的突击团

巡游在道路两边

在万圣节的晚上

一匹奔逃中的马

看起来十分惊慌！

我想知道,是什么咬了他?

结冰的水坑如水晶般透明

枯草在脚下破碎

另一个冬季来临了

我养的大猫在床上咕噜叫着——

就在他的眼皮底下

老鼠仓皇奔逃

最完全的美丽

巧夺天工的构造

凝结在一片柔软的雪花里

巨大的黑色脊背

激起浪花——

这是巨头鲸在嬉戏

* * * * * *

　　她游泳，玩耍，如此巨大但又如此灵巧。她黑色的、流线型的身体优雅地上下起伏着，背景是阳光照耀下波光粼粼的海面，她时而冲破这层闪闪发光的幕布，时而用她的脊背破浪前行。她边游泳边歌唱，用歌声填满整个海洋，因为她是一只鲸鱼。他也是。他们都是鲸鱼，一起游着，游向远方，向那个没有名字，只是简单地被称为"那边"的地方前进着，消失在茫茫的蔚蓝色天际中。他们不慌不忙。他们优哉游哉，沐浴在黄昏温暖的光辉中。他们会吃些东西，然后让水流托着自己的身体漂浮。他们偶尔会浮到水面上,喷出一股水柱,再往肺部注满空气,漂流一阵子,同海浪一起轻柔地摇摆,继而再次潜入水中,往那个宁静的所在游去。

当一只鲸鱼很好。能待在她身边,只待在她身边很好,一起自由自在。如果他可以选择的话,他宁愿做那片海,这样就可以紧紧拥抱赛格琳,用他无尽的臂弯环绕着她,永远和她的身体贴近。尽管如此,做一只鲸鱼还是不错的选择。只要她也在那儿,只要他们能一起从这人世逃离,便是极大的乐趣。

她突然鸣叫了一声。一个俯冲下去,从光明顿时潜入黑暗之中。她发现了什么美味?还是她在寻找深海的乐趣,探索一处未经发现的沉船,或者在玩捉迷藏的游戏?他紧跟在她的身后,尾鳍使劲一摆,也钻进了深海中;他不想被甩下。他随着她来到了更深的地方,这里更为黑暗,这黑暗包围着你,用更紧更冰冷的拳头将你牢牢攥在手心。他已经看不到她的身影了,但还能感受到她活动时水波的颤动,他听到她在附近阴暗处浅声吟唱。她在呼唤。她在呼唤他,他回应了,同样以歌声的形式,因为那是鲸鱼交流的方式——你向一片空洞的深海歌唱着,毫不惧怕这越来越深的黑暗。

12

一个孩子叫嚷着

挥舞着手中的球棍

他刚刚得了一分

小姑娘尖叫着——

在窗台上

她看到了一只蜈蚣

院子里的晾衣绳上

刚洗的衣服慢慢上冻僵硬

麻雀也打着冷战

我的邻居艾梅

穿得像花一样绚丽

你可以给她浇水了

一月正发泄着它所有的怨气。比洛多搬到格兰普的公寓已经有三个月了。他在那里生活得很惬意,但还是不住地想"我是住在格兰普的家里"。这是一种无意识的反应,但同样也表明他对这个男人的尊敬,毕竟因为这个人,他才获得了许多快乐。他只是在时机合适的时候才回到自己原来的住处,取走邮筒里为数不多的信件,清空被乌烟瘴气的信息充塞的语音信箱。他的家具和大多数物品都还留在那里。因为不想改变那里让人赏心悦目的东方风韵,他只将自己的东西搬了很少一部分到格兰普的公寓中。他本来可以把原来的公寓转租出去,但后来决定不这么做了,因为他留给别人的地址还是那里,这样既可以掩护他的真正住处,又可以做他不在家的借口,这样他就能独享在山毛榉大街上的另一种宁静生活。通过这种方式,他第一不用害怕不速之客的造访,第二能避免罗伯特不合时宜的突然出现。比洛多没有告诉罗伯特这一切,他只要想象一下罗伯特穿着巨大的木屐在自己隐秘的日式圣殿中出现的画面就已经不寒而栗了。当然,罗伯特也不是傻子,他也对此产生了怀疑。他渐渐感觉到事情好像有点不对头了,因为比洛多从来没有接过他一个电话,在他顺路来访的时候也从来不在家。罗伯特提出的问题越来越让比洛多感到困窘,他也逐渐意识到,想要回避这些问题也变得越来越困难了。

除了罗伯特爱管闲事以外,外界很少有人过多地干涉比洛多的这种与世隔绝的生活,大家猜想他可能在谈恋爱。玛德里诺餐厅的女服务生塔尼娅却总不失时机地询问他对日本诗的研究情况。事实上,比洛多已经养成了将吃完午餐甜点之后的时光用在修改要寄给赛格琳的俳句上,塔尼娅为此感到很迷惑,她总是问他在写些什么东西,她是否可以看一看。他每次都不得不婉拒她的请求,理由是他写的东西太私人。但这个年轻姑娘对他的写作行为仍保持强烈的兴趣,他看着都有些感动。每次都这么拒绝她,他过意不去。他不想让塔尼娅讨厌自己,因此他许诺有一天会专门为她写一首俳句。这让她很激动。

除此之外,比洛多就再没和其他什么人打过交道了。当然还有布罗丘太太,他偶尔会和她说几句客气话,但自从最近发生了一件事情后,他和她交流的就更少了:当时她在敲他的门,要他把那中国音乐的声音关小点,开门后她吃惊地看到比洛多穿着格兰普的和服站在门口。从那天开始,她对他就没有那么热情了,也起了疑心。他觉得这是可以理解的。从表面上看,他的行为是很奇怪。其实从本质上:这种生活方式,进入别人的思想并装扮成别人的样子,同样也够古怪的。但他完全能接受自己的怪异表现,并不想去计较他人的想法。重要的是,别失去最根本的理智就行。

* * * * * *

我看到一个流浪汉
在一个长椅上快要冻死了
今天傍晚的时候

苏弗雷火山——它的
头伸在云层里,就好像
在思考高深的问题

雪下得很大
到现在已经积了三十公分

天堂可能在除雪

Vide touloulou

这是一场 Grand brile Vaval

人们狂饮着 Ti-punch

* * * * * *

Vide,在克里奥尔语里是游行、行进的意思,因为在瓜德罗普岛,二月底也是狂欢的时候。Touloulou 是一种舞蹈,女士可以有权选择舞伴,而 Vaval 是这个节日的主宰,这是当地的吉祥物,类似于加拿大的雪人博纳。Grand brile 是一个在圣灰星期三的晚上举行的传统仪式,通过在一片围观群众歇斯底里的哭喊声中点燃不幸的 Vaval 来结束整个狂欢节。关于那个人们狂饮的 ti-punch,可以容易地理解为一种烈酒。比洛多猜想这很可能同魁北克冬季嘉年华类似,只不过那里的温度会比魁北克暖和五十度。

因为急于同赛格琳分享她的喜庆心情,并且向她展示他所在地区的庆祝方式和她岛上的十分类似,他写了这么一首诗:

让你的舞伴在你周围一圈圈旋转着

男士们退后

和他们身后的女孩翩翩起舞

　　他是个从未踏入过舞池半步的人,但那天晚上他却梦到和赛格琳一起欢乐地舞蹈,他们身处在一个坐落于魁北克老城区和法国皮特尔角之间、同现实大相径庭的充满节日气氛的小镇里。他梦到他们一会儿在尤维尔结冰的人行道上跳着疯狂的利戈顿舞,一会儿又在维克多瓦尔馨香四溢的街道上跳着狂野的锅卡舞。赛格琳大笑着,旋转着,毫不疲倦,她的头发抽打着夜。

13

三月的第一个星期一早晨,有人从法国寄来了一个包裹,收件人是加斯顿·格兰普。里面是一份叫做恩索的手稿,作者署名为格兰普,手稿的封面上还画着一个边缘有锯齿的黑色圆圈。又是那个神秘的 O 字形,在格兰普书信的每个角落都能看到。

和手稿一起寄来的还有一封信,是由巴黎芦苇出版社《自由诗歌》编辑部的主编所写。这位编辑首先肯定了格兰普的诗在某些方面是可圈可点的,但同时也表示了遗憾,因为他无法出版这部作品。比洛多大致浏览了一遍手稿,有六十来页的样子,每一页上都写有一首俳句。当他看到首页开场的那首时,因为太熟悉了,所以并没有感到诧异:

时光,如流水

在崎岖的岩石上打着旋

周而复始

接下来的俳句他也很熟悉：他曾经读过很多遍，虽然
其中的某些与眼前的不甚相同：

他们来自东方

海鸥发出尖厉的叫声

好像女巫们在午夜狂欢

陡峭的花岗岩山峦

云杉盘根错节

随后出现的是长长的海岸

漂亮的完胜

噢！那个高尔夫球员的一挥

完美到了极致

他驾驭着光

将球送向高空

一直到繁星中间

比洛多之前一直是随意浏览格兰普的俳句——在这个男人杂乱的手稿里选那么一两首阅读——与这次按作者整理好的顺序阅读有很大的区别。这些诗一旦按一定的顺序排列起来,便产生了巨大的魔力。就在比洛多一页页阅读的时候,他产生了一种感觉,感到他在朝着一个隐形的目标前进,不由自主地迈向一个具体的宿命。这些俳句首首呼应,在大脑中形成了有韵律的音乐。让他有一种似曾相识的感觉,好像以前曾经经历过,或者,以前曾经梦到过这所有的一切。它们在他记忆的最深处激起了旧有的影像:

大海的深渊
这个虚无的世界阴暗深沉
将光线扼杀

胸腔里
一切器官都被摘除干净
僵尸的世界到来了

越过地平线

向天地的尽头眺望

邂逅并拥抱死亡

美人鱼和鱼人幸福地团聚

大海深处的王子

回到了你身边

　　阴暗但清醒,这些俳句一首接着一首,像漂浮在海面上发着磷光的鱼儿似的连成一片。但这部诗集的名字却让比洛多有些为难,他在字典里查找不到恩索这个词。求助于互联网后,他满意地看到屏幕上出现了许多相关解释。书稿封皮上所画的圆是禅宗佛教的传统象征。恩索圆代表着心灵的虚空,可以让人获得证悟。禅宗大师们画这个圆已经有千年之久,是他们冥想虚无时的养神之法。这个圆圈——用循环的一笔构成——不能有停滞,不能有犹豫——据称这可以显明作者的心境:一个人只有当头脑澄明,心无杂念的时候才能画出一个雄浑有力、圆润的恩索圆。

比洛多继续阅读，他明白了这个禅宗圆圈可以有许多解读：它可以代表真理的完美，或者代表无穷和简单、四季的循环，或者转动的车轮。总的来说，恩索象征了圆环、宇宙的周期性，表示历史总是在不停地重复着自己，一切都将归于原点。在这个意义上，同希腊的衔尾蛇有共通之处。

恩索，是个丰富而多样的符号，如果你翻到这部手稿的最后一页，就会更加深刻地体会到这个题目在此处所表达的含义，因为最后一页上是同第一页一模一样的诗：

时光，如流水
在崎岖的岩石上打着旋
周而复始

这样的重复不可能是偶然为之。格兰普这样安排另有深意；他想让他的诗集有始有终，首尾相连。回归到第一首诗歌上来，整个就体现了一个圆，也就是禅宗的恩索，这本书自始至终就在重复着自己。

比洛多陷入沉思之中，他合上了书稿。他为出版商不能出版这部作品而感到遗憾。这本集子收入了格兰普写得最好的俳句,是他最得意的作品,却没能得到编辑的赏识,这看上去很不公平:出版社的那些人显然在玩忽职守。还好他们毕竟不是世界上唯一的出版商。比洛多又上网搜索了一下,找到了一系列魁北克诗歌界最好的出版社,他做了个决定:他要将这部手稿发给其他出版社去。某个地方总会有人欣赏的。

他打算出版这本集子。就好像是在实现某个人托付给自己的临终愿望。这至少是他为纪念格兰普所能做的一件事——是这位领路人开拓了他通往赛格琳的道路。

14

在独木舟上
一条嘴巴一噏一合的硬鳞鱼
在空气里窒息

做一只青蛙
通过皮肤呼吸
确实是件天下无双的美事

落在叶子上的一滴雨水
对于瓢虫来说
就是一场灾难

一位尽责的主人
弯下腰将狗粪清理干净

到底谁是谁的侍从？

黛西哈德的波浪

清澈且闪耀

就好像芭蕉写的一首短歌

* * * * * *

比洛多对芭蕉这位十七世纪的俳句诗人已不陌生,但短歌又是什么东西? 他见过这个词,记得是在今年秋天恶补文学知识的时候碰到过。

他没花多长时间就在格兰普的书中找到了这个词。短歌是日本最古老且文雅的古典诗歌形式,这种艺术只在宫廷中演绎。短歌是俳句的祖先,是俳句尊贵的前世。它的格式更长一些,有五行而非三行,包含两个部分:第一部分是由十七个音节组成的三行押韵诗句,就像古式的俳句,而第二部分分别是由七个音节的两个对句组成,呼应之前的第一部分,并且将该诗引入新的境界。比洛多还了解到短歌的两个部分都有其独立的主题,和俳句不同——这种简单的诗歌形式主要表达的是人的感觉,和对自然的观察——一首短歌应该是细腻而抒情、精致而优雅的。短歌作者应试图描写诸如爱、孤独、死亡之类的高雅主题或情感。短歌是用来表达复杂情绪的。

比洛多感到自己有些颤抖。赛格琳引用短歌的意图何在？是一条隐含的信息？一个邀请？

短歌是一种善于表达感觉的形式。这难道不是比洛多一直想要的东西吗？难道他没有因为俳句强加于人的种种限制而搞得自己束手束脚吗？老实讲，难道他没有厌倦于再使用类似天气预报、晒衣绳和小鸟这样的主题吗？是否那个可以思考更为崇高且壮美的事物、冲破紧身衣束缚的时刻已经来临？他有没有想要继续前进、最终向她表露心迹的冲动呢？

比洛多穿上他的和服，然后开始写作，他焦急地想要尝试这种自己还并未熟悉的体裁。随后惊奇地发现自己竟不费吹灰之力就轻而易举地掌握了。这首诗浑然天成，就像一个熟透了的苹果正好落在他的手心：

有些花，看上去

要用五年的时间才能开放

很久很久以前

我就想告诉你

我对你的爱是多么的深

比洛多对于自己的第一首短歌非常满意,他欣喜万分,急急冲出房门奔向邮局。过了很久,直到肾上腺素分泌回归正常水平后,他才开始反思自己的行为,疑虑在他的大脑中蔓延。

＊ ＊ ＊ ＊ ＊ ＊

这样做明智吗?——如果你认真地想一想——给赛格琳寄去一首与她之前收到的体裁完全不同的诗?他倒不是担心诗的形式,而是担心诗的内容:这位年轻女士会对如此直率的表白产生什么样的反应,就好像她一直封闭的心扉被突然闯开了?这样做会不会让她同自己疏远?他们之间那种微妙而甜蜜的关系是否会因此受到影响?这样做是不是太鲁莽了?

他现在开始后悔自己的莽撞,但木已成舟:那首短歌此时就躺在大街对面邮箱的底部,拿不回来了。至少理论上是如此。但转念一想,负责收信的罗伯特,不是到中午才会来吗?

马上要到中午的时候,比洛多出门在邮筒旁等候着罗伯特的到来。他在那里走来走去，就像一个神经过敏的哨兵，一点都没注意到四月里北归候鸟响亮的鸣叫声。最终，半个小时过去了，他看到邮车沿着人行道缓缓开来。罗伯特在发现他的老朋友后，高兴地呐喊着跳下了车。比洛多打断了他热情的招呼，向他说明了要求他办的事情。罗伯特一开始表现得有些犹豫，强调比洛多要他做的是一件十分不符合规程的事情，但这仅仅让他矛盾了一小会儿——与他们之间牢不可破的兄弟之情相比，几条愚蠢的规章制度又算得了什么呢？

在清空了邮箱里的信件后，罗伯特让比洛多和他一块上车，在车里，避开睽睽众目，他把信从包里倒出来让比洛多从里面找那封他说寄错了的信。比洛多喃喃不清地说了几句感谢的话，一边马上把邮箱里"排泄"出来的乌七八糟的东西摊开：其中有各种各样的包裹、信封，用过的注射器，偷来的冰球衣等等。在其中他找到了那封信。警报解除了，比洛多松了口气，尽管心里有些莫名的遗憾。罗伯特那双爱管闲事的眼睛却一直解码着信封上的地址。其实他始终没有相信比洛多刚才所说的蹩脚理由，他感到这件事情的背后是一个女人，他要求知道这个赛格琳是何方神圣，比洛多为什么要以格兰普的名义写信给她。比洛多本能地把信揣在了夹克口袋里，虽然他对罗伯特抱有感激之情，但却拒绝说出真相，他说这是他的秘密。让他没有料到的是，罗伯特并没有打破沙锅问到底，而是告诫说不会这么轻易地放过他，除非他答应在下班之后一起去喝一杯，以示庆祝。比洛多踌躇了一下，他清楚这么一个邀请可能轻易地将事情引向失控的局面，但既然罗伯特帮了自己这么一个大忙，他又怎能拒绝呢？

15

比洛多梦中听见有人在大笑。他醒来后,用了一分钟时间才意识到自己是和衣躺在蒲团上,屋子里的百叶窗大开着,早上的阳光正照在他脸上。他试着起身,但随即又放弃了这个念头,因为脑袋里传来了一阵钻心的疼痛。他断断续续地回忆着昨晚的疯狂。安大略街上的那个酒吧,他们一开始就是到那里去玩的,一杯接一杯的威士忌出现在吧台上。接下来的事情已经有些模糊了:斯坦利大街上有家脱衣舞俱乐部,在里面的一间小包房里,穿着暴露的美女们贴身扭动着屁股,然后罗伯特强行把他拖到了一间按摩院,在一间灯火辉煌的餐厅吃了夏威夷风味的匹萨,继而又转到了另一个地方——一个酒吧吗? 还是一家迪斯科舞厅? ——他再也想不起来之后的事情了。

接下来能记起的就是那些问题,罗伯特那些不分轻重的坦率提问,一遍一遍逼问他关于那封信的事情,关于赛格琳。随着夜色变得浓重,罗伯特的问题也越来越咄咄逼人,事态发展也越来越失去了控制。这位邮差很明显打算利用酒精的作用,让喝得晕晕乎乎的比洛多说出整件事的真相。那么比洛多究竟说了什么?他确实是一点都记不起来了。他向罗伯特吐露了什么?在关于那夜的回忆里,记忆胶片上缺失的黑色部分原本应该记录了什么?

他在梦中听到的笑声又在耳边响起,只不过这回他是完全清醒的。笑声来自隔壁房间,来自起居室里的某个人。比洛多打了个寒战,他听出来了,这是罗伯特那富有特色的大笑,隔壁屋子里的某人就是他。这时突然有一个新的片段补充进了他的回忆中:他记起昨晚的疯狂之后,凌晨时分,他竟然傻到让这个朋友载他回家。回他的新家!他秘密的避难所!

他想起了当罗伯特得知他这个小滑头竟然偷偷搬到了这里时那张醉醺醺的脸上所流露出的惊愕表情,当他看到比洛多这个新巢浓郁日本风格的装潢时表现出的惊讶。他记起来这位哥们是如何扫荡每个房间的,到处找歌伎,喝清酒,在浴缸里撒尿,撞倒小茶几,然后轰然倒在榻榻米上,发出犹如 B - 52 轰炸机在搜寻目标城市来投放原子弹时所发出的巨大鼾声。比洛多又开始偏头痛了。这是个多么不可饶恕的大错啊！如今他的秘密堡垒暴露在了光天化日之下。罗伯特知道了。而且他就在这里,在起居室,还大笑着。到底是什么让他觉得如此好笑?

比洛多挣扎着站起来,纵然头痛欲裂也还是摸索着走到了走廊。这时罗伯特的又一声大笑传了出来。比洛多用墙壁支撑着身体,缓缓挪动到了起居室,在那里他看到穿着自己短裤和内衣的罗伯特在书桌前的扶手椅里瘫成一团。他在读着他觉得特别有趣的什么东西。而这个东西是赛格琳写的一首俳句。

抽屉大开着。那位年轻女士的诗散落在桌子上,罗伯特手里还拿着几首,他用猥亵的眼神斜睨着诗上的文字,一边阅读还一边挠着下体,甚至还用他那像猿人似的呱呱嗓音大声朗读着诗的内容。

"他们表现得很刚强,炫耀着/他们白雪的衣衫/但其实他们却有一颗柔弱的心,"罗伯特读着,狂笑着。"穿着那些衣服,我猜他们管'吹箫'叫吹雪。"

当看到这么一个人穿着他的内衣,用短粗、恶心的手指拿着赛格琳优雅的诗句,瞪着一对血红的眼睛,嘶哑地笑着,玷污着她纯洁的诗,这时比洛多感到血液就要在血管中凝结了。他用一种压抑着的声音，毫无感情色彩地命令罗伯特把诗稿还给他，而罗伯特看上去却仿佛并无此意。

"等等，"他边说边翻着手中的几页纸，"另一首写得更烂。"

接着他又故伎重演，造作地模仿女人的声音读了起来。比洛多向他走去。罗伯特预料到了。他从椅子上弹起，跑到屋子的另一边。比洛多紧追着他，心里暗暗发誓，无论如何也要把那几页珍贵的诗稿拿回来。他最后预料到这个可恶小丑的逃跑轨迹，成功捉住了他，但那个白痴却仍死死抓着诗稿不放，于是不可避免的事情发生了……比洛多盯着罗伯特手中的纸片，又看看自己手中的，感到一阵晕眩。

"糟糕！"罗伯特边说着边哈哈大笑起来。

"滚出去！"比洛多低沉着嗓子喝令道。

"放松点，"罗伯特回敬了一句，"咱们别因为几首烂诗大动干戈！"

他是说了"烂"这个字眼吗？比洛多的血液瞬间固化，接着又沸腾到了顶点。他握紧拳头，一拳挥出去，落在了罗伯特的鼻子上。罗伯特被打得向后跌了出去撞破了画着樱桃树的纸屏风,砸碎了屏风后面的矮桌。比洛多从他的指间夺过来其余诗稿的碎片。而罗伯特则茫然地捂着自己流血的鼻子,跌跌撞撞从地上爬起,他竟然还有胆子要把这一切搞得更糟。他咒骂着,甩动着手臂,试着要还击,但他这一拳只擦到了比洛多的耳朵。比洛多朝他的小腹又重重来了一拳。罗伯特蜷起身子,刚才的勇猛气魄随着他肺中的空气一同流走了。比洛多乘机抓起他的短裤将他从地上提起,把他拖着走向了门口,开了门便一下把他扔了出去。砸在楼梯上的罗伯特,后背着地向下翻滚了三个台阶。比洛多把他的衣物扔给他,然后关上了房门。

比洛多自己都感到难以置信。他是一个从不惹是生非的好人,而就在刚才,他揍了自己最好的朋友,他曾经的好朋友。然而他无心考虑这些,他现在有更紧迫的事情要应对。这是一个严峻的时刻:赛格琳最好的几首俳句被扯成了两半。比洛多无视罗伯特在门外的大声辱骂和报复的警告,以及猛烈的捶门声,他拿出一卷透明胶带,开始认认真真地修补起那几页珍贵的诗稿来。门外,罗伯特开始赌咒说绝不会就这么轻易饶了他,迟早要他血债血偿。但比洛多仿佛什么都没听到,他一门心思地在给被肢解的稿纸做着精细的外科手术。

直到很晚——罗伯特的喊叫声已经消失了好久,赛格琳的诗才又重新恢复了原状——就在这时,比洛多把手伸进口袋想要拿出那封昨天好不容易才找回的信,这才发现这封信不见了。连同里面写的短歌。

　　他不记得自己曾拿这封信做了什么。他是愚蠢地将信遗失在昨晚去过的某个娱乐场所了吗,还是卑鄙的罗伯特把它偷走了?

16

当比洛多来到玛德里诺吃午饭的时候,他注意到罗伯特同一帮邮局的同事坐在他们的老位子上。他那个肿大变形的鼻子很惹人注目。比洛多感到有几双充满敌意的眼睛在注视着他,罗伯特肯定已经向别人控诉过他的鼻子所遭受的攻击。比洛多尽可能地不去理睬大家公然的敌视。他在柜台附近找了个座位。塔尼娅走过来给他上了一碗汤,他一边用勺子舀着汤,一边思考着该如何拿回那首被偷走的短歌。短歌还在罗伯特手上吗?直截了当地问他显然不可能,尤其还当着其他人的面。他想,怎样找出一个既不让自己委曲求全,又不让罗伯特有可乘之机报复自己的办法?他难道不得不被迫收回自己的话,并且要向他赔礼道歉才能把信拿回来,甚至还需看他的心情和脸色而定?比洛多漫不经心地吃着自己的牧羊人派,心里希望罗伯特能亲自过来说明白,索要一个具体的赔偿金额,但他并没有走过来:他现在对比洛多的态度除了恨,别无其他。

吃过午饭,比洛多在厕所门外差点就和在那里久等的塔尼娅撞了个满怀。她在等他。这个年轻的姑娘露出灿烂的微笑,说要感谢他。当然是为了他送给她的那首诗。比洛多看到她手里握着一张纸。就是那首短歌!

塔尼娅的眼里闪动着欢乐的泪花,她述说着当自己在柜台上的钱和账单旁发现这首短歌时是多么地激动。她说道自己已经深深地被这首诗打动了,她轻轻低下了头,脸上泛起了一片红晕,她说她和他有着同样的感觉。比洛多此时却被惊得目瞪口呆,他最终听明白了:她误以为诗是给她的,因为他以前曾经承诺过要为她写首诗……这听上去是如此可怕,他被吓得六神无主。比洛多前言不搭后语,甚至无法向塔尼娅说明这是个误会;他所做的就是站在原地,露出一脸憨笑。这位年轻姑娘却把他困窘的表情当成了羞涩,得体地转移了话题,只是在转身工作前用她那闪亮亮的双眸又看了他一眼。

比洛多这才缓过了神。这个新情况给他来了个突然袭击——完全是他没有料到的。他这时看到了这个阴谋的始作俑者就坐在屋子的另一边,罗伯特脸上挂着的阴险笑容承认了一切。这个狗娘养的正幸灾乐祸地旁观着自己复仇计划的成功实施！比洛多抓起外套准备离开餐厅，但还是回应了塔尼娅充满感情的挥手再见。他愤懑填胸，走到了罗伯特的邮车旁等着他。

十分钟后，罗伯特出现了。他咧着大嘴哈哈笑着，这是他令人讨厌的个人特色，他问比洛多什么时候请他喝喜酒。比洛多怒发冲冠，他斥责罗伯特的诡计将无辜的塔尼娅卷到了本属于他们俩的个人恩怨中。罗伯特冷嘲热讽地向他保证，只是想让塔尼娅高兴一下，尽管搞不明白塔尼娅为什么会喜欢上他这么一个混蛋。多么愚蠢啊，是的，比洛多才意识到自己当初真是傻的可以，怎么能没有早点识破罗伯特这个坏蛋。罗伯特反驳他说，坏蛋总比傻瓜强多了，他告诫比洛多这只是个开始，从今往后他们俩就变成了敌人。说完，他便飞快地离开了。

比洛多深知罗伯特的做事风格，他是一个为达到目的不择手段的人，因此，这整整一天里他都在担心可能会遭到的五花八门的报复，一个接一个，一个比一个更让自己痛苦，他的危险迫在眉睫。而对塔尼娅，不管怎样，有一件事是他必须要做的：无论这个女生会多么失望，他却不得不告诉她事情的真相。

* * * * * *

罗伯特的报复行动很快就来了。第二天当比洛多来分理处上班的时候,他绝望地看到了员工休息室的布告栏里张贴着一份他那首短歌的影印件,上面还留着他所伪造的格兰普的签名;影印纸是粉红色的,为了能更加吸引眼球。其他复印件则被分发到了邮局每个人的手里,尤其是分理处,你可以听见一阵阵轰鸣的笑声从那里传出。好像整个世界都已经读过了这首诗。他成了今天的头号笑柄:每个碰到比洛多的人都会给他一件礼物,无外乎是价值几分钱的象征爱情的小花小草小玩意。他对此表现得束手无策,他一个人默默地回避着,忍受着大家的排挤。只有在最终轮到他外出当班时,他才得到了真正的释放,但这为时三个钟头的步行仅勉强够他舒缓一下紧张的神经。

快到中午的时候,比洛多朝玛德里诺走去,他下定决心要和塔尼娅谈谈,告诉她真相,但就在他到那儿的时候,才发现罗伯特的诡计又先他一步实施了:没有人理他,他经过的时候,人们突然都停下了交谈,但那个邮递员聚集的角落除外,那么一大帮人围绕在罗伯特身边公开地开着比洛多的玩笑。罗伯特用恶狠狠的眼光盯着他看,他的鼻子变成了紫红色。而塔尼娅在看到他进门后，假装没有看到，转身消失在厨房里。

"赛格琳！赛格琳！"另一边角落里的小丑们用疲倦的声音叫喊着。

比洛多此刻脸色发白。他多盼望自己属于对面的那个小团体。就在他想转身离开这里的时候，他想到自己还得和塔尼娅聊聊，然后便鼓起勇气向餐厅里走去。他面对其他人的连声怪叫、冷嘲热讽和对自己诗歌的含沙射影，沉默地坐在了吧台旁。

"赛格琳！让我坐在你划向瓜德罗普岛的小船上！"

比洛多攥紧拳头，不知道自己还能忍受多久。塔尼娅又一次从厨房里走出来，托着一盘食物。他向她打招呼，但她完全忽略了他，而是把吃的拿给了那群邮递员。这群人不放过这个可以戏弄她的天赐良机，询问她今年有没有到瓜德罗普岛度假的打算，如果她还不那么讨厌她的情敌的话，可以考虑两女共侍一夫。然后他们用手指着比洛多，嘴里嚷着："你的'未婚夫'，'力比多'在吧台等你呢，如果你动作快点，他还能给你写首浪漫爱情诗呢，这次是真给你写的……"塔尼娅默默地给他们上完菜，脸上写满了愤怒。她可能觉得对比洛多以忽略作为惩罚已经够了，她最后走到了吧台,问他要吃点什么,但态度冷得就像一座冰山,一打的泰坦尼克号轮船都能在她面前沉没。她问他要点什么吃?鸭子?一只愣头愣脑的傻鸭?还是一只呆鹅?还是一只用来试验新诗的荷兰鼠?比洛多很难过,他说她把事情想歪了,他需要和她私下解释,但这位女服务生却回答说没有这个必要,她没有什么好说的,接着便把一团揉皱的纸扔在了吧台上。

"接着!这是你的诗,'力比多'!"她吐出这么一句话。

邮递员的角落爆发出了一阵掌声,其他座位上的客人也都鼓起了掌,塔尼娅确实是有广大的群众基础:来吃午饭的所有食客都饶有兴致地围观着整件事情的发展。比洛多一路追着塔尼娅来到厨房门口,压低声音向她发誓,他没有做错什么,那首诗本来就不是写给她的,原本是不应该给到她手里的,但塔尼娅却对此流露出了怀疑的神情,她质问比洛多为什么前一天没有这么和她解释,反而让她当众出丑。她打断了他结结巴巴的解释,说她不想知道他们变态的小把戏:求他和罗伯特重新找另一个目标下手,放过自己。她的话音刚落,又一阵表示支持的掌声响了起来。

塔尼娅抽泣了起来,躲到了厨房里,厨师马丁·斯内先生替她堵在厨房门口，这是个足足有一百三十公斤重的男人，他怒气冲冲，手里还握着把菜刀。比洛多明白再谈下去也没有必要了，他别无他法，只好离开。他跑出餐厅，因为在那里他除了是个被众人排挤的对象外什么都不是。他想马上逃跑，躲到世界尽头。马路在他脚下摇晃，他腿一软，一屁股坐在了台阶上，要不是坐下，他可能会当场摔在那儿。

他在原地待了有五分钟，在一种无助的情绪里挣扎着，他用尽全力想战胜这种感觉，想消灭肠子里那一团交织在一起的耻辱和愤怒，一直到罗伯特领着邮递员同事们走出玛德里诺的大门。罗伯特从他身边经过，显然是在快乐地享受着比洛多崩溃的惨样，并没有停下脚步，而是洋洋得意地被宠臣们前后簇拥着继续向前走，他们开始合唱一首描述瓜德罗普岛异域美景的小曲。比洛多感到很疲倦，他甚至无法做出抗议的姿势，他垂下眼睛，坐在那里盯着手中那首被揉皱了的短歌……他突然把这张纸拿近了些，将它平展开来，他发现手里的并不是那份原件，而又是一份影印件！他深深地被刺激到了，马上从台阶上起身，他叫住了已在百米之外的罗伯特及其爪牙。这群人听到后决定等在原地看比洛多要干什么。没有必要再谨慎处理了,比洛多此时直接要罗伯特归还他的信。罗伯特听到后却被这个要求逗乐了,表示自己手里并没有什么蹩脚诗,他已经把那封信寄出去了,然后便在伙计们的簇拥下走掉了。比洛多一动不动地站在那里,被自己刚才听到的话打击得失去了知觉:那首短歌已经寄出去了。

在历经了这许多的磨难后,他回到了原点。仿佛一个恩索轮回。

17

　　那首短歌寄向赛格琳的命运已经无法挽回,于是所有其他的烦心事现在就都烟消云散了。罗伯特的阴谋诡计,塔尼娅的心碎神伤,邮局,人生,死亡——比洛多什么都不在乎了。她收到那封信了吗? 她读过了? 她是否被吓到了? 她是否觉得无聊、失望,甚至鄙视? 抑或相反:这首诗让她动容,使她快乐,一切仍然很完美? 比洛多希望他的第二种猜想成立,于是他将塔尼娅读完短歌后的反应作为自己的依据:这预示着赛格琳也会这么反应,不是吗? 但罗伯特的评价突然闯进了他的脑海之中,他又变得不那么确信了。"蹩脚!"罗伯特是这么说的。这次会让他说中吗? 比洛多整夜整夜地做恶梦。在他的梦里,他看到两片巨大的嘴唇一张一合,轻蔑地吐出那个词:

　　"蹩脚。"

　　这张嘴是赛格琳的——鲜红的嘴唇,白森森的牙齿,

无情地说着这个残忍的词:

"蹩脚。"

每次听到这个词,他都感到一把尖刀猛刺入了自己的心脏,因为他明白事实确实是这样的,诗确实很蹩脚,她一遍遍地给予的这个评价是完全中肯的,这是为了惩罚他的愚蠢。赛格琳用牙齿将这首短歌撕成碎片,纸片向四周飞去,散落在极冰冷的虚空世界里。在那些微小的纸片上,比洛多能看到他的脸清晰地映在里面,它们就好像是无数面袖珍的镜子,他的痛苦变得无以复加……

这就是他的梦,他醒来后,再不敢为任何事情打包票了,然后每天继续骑在恐惧的旋转木马上周而复始地重复着。他开始考虑是否不应该就这么坐以待毙,是否应该采取什么预防措施,如果这一切重来,他如果能写信给赛格琳,坦白一切,告诉她格兰普已经去世,而自己只是个可悲的模仿者——至少这样他良心所受的谴责能少一些——但之后他改变了主意,告诉自己要理智些,因为他明白这样的忏悔是不可能的,这样做会将他的所作所为泄露出去,会终结这一段弥足珍贵、越来越难得的人生乐趣。

比洛多像一只风向标似的在希望和失望之间来回摇摆,正好印证了那句话:在你不确定结果的时候,等待是最坏的办法。

＊＊＊＊＊＊

　　赛格琳终于回信了。比洛多冲出自己工作的小隔间，把自己锁在男厕所里。他屏住呼吸，为他的大胆行为可能带来的结果做着心理准备，他展开了信纸。上面是一首五行诗。也是一首短歌：

雾气浓重的闷热夜晚
裹在身上潮湿的床单
在我的腿间和嘴唇上燃烧着
我追寻你，迷失了自己的方向
我就是那支绽放的花朵

　　比洛多眨了眨眼睛，他怀疑是自己看错了，但是没有，他没有看错。没有任何错误。就是他刚才读到的那样，句子还是那些句子，诗还是那首诗。
　　他曾经想象着会收到一封绝交信，或者是一封像他们以前交流所写的一首俳句，再或者，最好的情形是一首类似他寄给她的一首浪漫短歌，但他肯定没有料到会是这么一首，这么一首感情充沛的诗。她为什么要这么写？比洛多感到自己的下身一阵酥麻，这才看到原来是自己已经勃起，这个突如其来的变化完全使他慌乱了。此前还没有任何一封赛格琳的信能引起他如此大的生理反应。这倒并不是说他是第一次因为她的缘故才有此反应，正相反——每当他梦到她的时候他都会这么做。但像今天这种情况，大白天里，在完全清醒的状态下，他还是第一次。

很明显，是那首短歌里不同寻常的内容起了作用，那赤裸裸的挑逗。他想知道这样的反应是否就是赛格琳写这首诗的初衷。她是无意的还是有意？他自己又该如何回应呢？面对这样一首诗，他能写些什么？

那天晚上，他梦到了一条蜿蜒爬行于蕨类植物之间的蛇，它悄无声息地爬过大树光溜溜的棕色树根，其上攀附了许多藤木。哦，这不是一棵树，而是赛格琳熟睡中的裸体，她的长笛静靠在她身边。蛇并没有把她吵醒，而是安静地爬上了她的脖子，用尾巴卷将她圈住，在她的乳房间游弋，又蜿蜒至她的小腹，用它开叉的舌头品尝着空气中的味道，继而深入下去，将头伸向那个黑暗的谷地，那片位于她两腿之间浓密的三角地带……比洛多因为这个蛇梦而迷醉，醒来后仍然亢奋不已，虽然相较于前一天来说，他这个状态是属于比较正常了:因为就在一天前,他的下身一直处于急切的勃起状态,只有在他努力不去想赛格琳的那首短歌时才稍有缓解。他又读了一遍这首短歌,想知道他的理解是否正确,是否他在诗中所看到的关于性的指向仅仅是他的臆想。他最终发现并非如此。这首短歌的某些部分看上去饱含深意。不知是否是赛格琳故意为之。他现在只有一种方式来回应对它的欣赏:

你不仅是一朵花

你是整个花园

你的香气让我为之疯狂

我进入你的花冠

吮吸着你的甘露

18

仿佛大海舔舐着沙滩

海浪带来一个咸咸的

吻——我们的嘴唇也轻轻地触碰

收回，然后又亲近

最后紧紧地贴在一起

巧克力的复活彩蛋

上面装饰着一条黄色的丝带

裙子的吊带

从你裸露的肩膀上滑落

我好想咬上一口

轻点儿，食人怪

如果你想咬我的话

你得一口将我吞下

否则你将是那个

被我吃掉的人

我是一阵风

吹过你的头发

偷走上面诱人的香气

我要钻进你的裙摆

燃烧你的肌肤

我的脚趾在扭动

在弯曲

因为快乐而兴奋

这是由于我手指的缘故

我好想念你

＊＊＊＊＊＊

　　这是一种甜蜜的沉醉，一种撩人的狂热，就像你用一种热情的方式重新复活，这是一股强烈**激流**，让你一点都不想为之做出反抗，只想向它举旗投**降**，更重要的是，这正是比洛多梦寐以求的。他唯一的愿望就是能延续这种感官上的冒险,对身体的大胆描写,淋漓尽致地体会这种迷醉。这件事情简直占用了他的全部精力。他几乎再也没有踏出房门一步,不去理会五月的大自然有多么迷人,尽管这是一年中他最喜欢的月份。他也再没有去过玛德里诺餐厅;塔尼娅会认为他的到来是为了继续戏弄她,于是他便再也没敢在那里露面。事实上,他也再没去上过班。他在分理处已经成为众人嘲弄的对象,这种羞辱已经超出了他可以承受的范围,他申请并获得了六个月的无薪假期。现在时间完全属于他自己,他将全身心奉献给了赛格琳:

* * * * * *

你的乳房在遥远的地平线上

一座光滑圆润的山丘

我渴望品尝它们的甜蜜

以缓解心中的焦渴

犹如处于热恋中的吸血鬼

我在沙漠中迷路

我干渴的嘴巴一路寻觅

最后找到了一处绿洲，那里

我将舌尖浸泡在里面

那里是你的肚脐

你那光滑而瘦长的大腿

反射着月亮的光华

塑造它们的雕塑家

使用的是

最上等的桃花心木

你的双手将我举起

让我弯曲，将我拥抱

改变我的形状，使我燃烧

他们随心地处置我

我是你手中的一件玩物

在你裙衫的掩映下

在你大腿的交叉处

藏着一条小河

那是条秘密的亚马逊

让我逆流而上吧

你的衣服

掠过我的衣服

如果我能将它们缝在一起就好了

这样的话它们就能在同一时间

触摸每一处肌肤

＊ ＊ ＊ ＊ ＊ ＊

短歌确实是一件表达欲望最好的工具吗？这种将感觉用文字表现出来的形式,曾经让比洛多十分得心应手。但现在他开始有些累了。他想找到一种更为省力的方式,他决定回归简单的俳句,他认为这种方式更有利于自己表达源源不断的感情。

你的双峰——是两座大山

它们骄傲挺立的峰顶

在我的指尖下耸立

赛格琳一定也赞同这样的调整,因为她马上以同样的方式回复了一首:

强健的根悸动着

在我的手掌中

其中奔涌着激动的液汁

就这样,他们又回归到了以前用俳句交谈的状态:去掉花哨的言语,就像通往卧室门口的地板上散落着人们褪去的衣物,留下了精华的内在。但比洛多并不满足于此:他容忍不了平信的低效,而转为使用更快捷的快递服务。赛格琳也效仿他,因此信件往来的时间大大缩短了。他们之间的鸿雁传书更为频繁,呼吸更加急促,但对于比洛多而言这还是不够快,他甚至都等不及赛格琳的回信就又给她寄去了第二封,最后演变成每天一首俳句。赛格琳也同样如此,她开始一首接着一首给他寄信,而不再费心等回信。几乎每个早晨比洛多都能在门垫上看到她寄来的信。诗歌你来我往,又迅速又热烈,已经全然不再遵守时间的顺序,但相互间仍然以一种特殊的方式呼应着:

你的娇躯

藏在它娇嫩的花瓣中

仿佛一颗珍珠

朝我身体里最温暖的地方

挺进

用你的身体向我鞭打

这就是我,勇往直前

你的身体为我敞开

你身上所有的嘴都将我吞下

你在我的身体里游览

观赏着我的花园

在我的湖里游泳

我在你的里面游览

到达你首府的

最中心

海啸袭来，我突然爆裂

在最深处——

形成了一颗超新星

火一般的海底地震

喷涌出大量的岩浆

我永久地死去了

随着波涛的起伏

我现在忘记了自己的姓名

还原为一个色彩

繁星——是点点的帆影

太阳风吹起

永不止息

19

你不能永远处在幻想之中。地球引力最后赶上了比洛多,将他重新拉回了地面,但他仍然被刚刚在诗中所经历过的缓慢但激烈的高潮所震撼着。确实如此,爱能让人长出翅膀。他从未像现在这样在空气中拥抱过一个女人。他感到赛格琳是如此接近,觉得她完全属于自己,两人此刻融为了一体,他也知道她的内心也是如此的激荡和澎湃。他确定他们俩是同时到达了高潮。但在此之后,他还能写些什么呢?在历经了这最完美的激情之后,他还能写出什么样的诗歌而不会让对方失望呢?或许只能是睡前爱人耳边的甜蜜私语吧?

为了寻求灵感,比洛多穿上了他的和服,然后看着窗外,陷入了沉思,他看到了几片雪花懒洋洋地飘落在窗外的山毛榉大街上。冬天已经来了?时间已经过去了这么久？难道夏天一不留神像彗星般闪过，留他沉浸在自己的内心世界中，对这一切毫无所知？但他仔细一看，发现那并不是雪花，而是被风扬起的花粉，一团花粉正从临近公园里的树上随风而至，和雪花的样子十分相似。这就好像是仲夏里的冬日。这个不真实的场景十分契合比洛多此时的心情，赋予了他写诗的灵感：

如同沥青马路上长出了绒毛

五彩的纸屑从空中洒落

第一场雪轻柔地

懒懒地降落在

你激情一夜后的身体上

＊＊＊＊＊＊

以云作为伪装——月亮

换上了另一张脸

这个时刻是如此温柔

站在阳台上

我的心里只有你

一个干涸的峡谷

谷中的河流和小溪已消失很久

寸草不生的地方

这里就是我寂寞的心灵

在等你的回信

一天又一天

无论我身在何处

你永远陪在我身边

读你的诗，我

感到自己并不孤单

狗守卫着

他的睡垫

他可以为她去死

请允许我，女士，这个可悲的傻瓜

做守护你的骑士

您让我受宠若惊了，亲爱的阁下

我是你卑微的仆人

如果,能够打动您的心

我还可以做

你的爱人

风车并没有使我恐惧

凶猛的巨人也没有使我怎样

我惧怕的是你

在看到我忧伤的脸时

所流露出来的担心

学校的墙上

一只古老的钟忠实地

告诉周围的人们

确切的时间

而我的心却只为了你而跳动

＊＊＊＊＊＊

　　在偶尔扫了一眼日历后,比洛多才惊觉八月已经过去了一大半。这标志着距格兰普离世马上就要一周年了。那个让比洛多的生活发生戏剧性变化的纪念日也马上就要到来,但他却并未因此而产生诸如恐惧或哀伤的感觉,因为,比死亡更应该纪念的,是一个新生,一次重生——他自己的——和赛格琳开始的温柔的书信交流。显而易见的是,这个事件只对他而言有纪念意义:在她的眼中,这一天同一年中的其他日子一样,普普通通,毫无二致。尽管如此,这个幸福的纪念日到来的第一年仍然值得庆贺,当然要以一种秘密的方式:

我曾经是阴冷的冬——

你的诗成就了我的春

你的爱变成了我的夏

那么秋天为我们准备了什么?

以它的褐色,以它的金黄。

比洛多于几天后收到了赛格琳的回信,但信的内容却让他陷入了无边的惊恐之中。

看来赛格琳也对这个秋天抱有极大的期望……

小时候我的梦想是

去看看加拿大的秋

我已经买了票

二十号到达

那时,你会来见我吗?

20

　　甜蜜而热烈的爱情美梦转眼间变成了一场梦魇。她怎么想出这个主意的？看看加拿大的秋天？她到底要做什么？

　　这件事情完全不可能。赛格琳不能就这样出现在蒙特利尔，否则一切就都完了，都烟消云散了。她知道格兰普的长相，因为她们曾经交换过那该死的照片，那么这场戏该怎样演下去？他又如何开口让她别踏上这疯狂的旅途？他怎么拒绝她？

　　她会在九月二十号到达，此前有三个星期的时间供比洛多想出一个合适的借口。他也许可以说他自己也要去旅行，整个九月都不会待在国内，不巧无法接待她云云。可是，如果她建议迟一点来，等他回来的时候再来看他又该如何？

* * * * * *

她怎么这么笨呢？难道她没有意识到这样做可能让一切变得糟糕，她会愚蠢到要让这段到目前为止完美无缺的关系陷入危机吗？当然这不能怪她：她不可能知道事情的真相。比洛多不得不承认，这场悲剧是他一手造成的。他应该早就料到这件事情会发生，或迟或早。他怎么能如此盲目呢？

接下来该怎么办？告诉她最近他刚做了整容手术所以相貌有了彻底改变？还是来个一走了之？迅速搬离她知道的这所公寓，因为如果她到了的话，肯定会按照信封上的地址马上到这里来。留她自己琢磨他神秘消失的原因？但过后他一定会承受不了这种内疚，觉得自己像个懦夫，以后两人的关系也会沉入海底。而他又怎么能忘记她，怎么能继续生活下去？

* * * * * *

无路可走。比洛多知道自己已经被逼到了死胡同，就像一只无辜的老鼠夹在了铁质的捕鼠器上，是那么绝望。宁静的梦走到了终结的时候，他一直以来包裹其中的幸福泡沫马上就要破灭了,这种希望破灭的感觉给他带来了一种无助的愤怒。他无法要自己放弃赛格琳,但却缺乏勇气面对她。所有的选择看上去都于事无补,所有的机会都没有成功的可能。他的面前是一个终极尽头。

* * * * * *

第二天电话铃声响起的时候天色尚早。比洛多不在乎是谁打来的,任由起居室里的答录机接听。有人留了言。电话是一位出版商打来的,他是收到比洛多邮寄的恩索诗稿中的一位。这个人大致地说了说他非常欣赏这本诗集,想出版它,希望有关人士在听到留言后马上电话联系他。比洛多从像婴儿在母腹中所保持的蜷曲姿势中舒展开来,起来重新听了遍电话录音。有时候命运会有奇怪的转折点。这个消息,如果一天前到来的话,会让他喜不自胜,但现在却让他更加苦恼。这又有什么用呢? 在他所处的这种窘境下,格兰普诗集的出版能够带来什么转机,可能只会让情况变得更复杂吧? 事情总之是糟透了。

他拿起诗稿,随意翻阅着,就像玩塔罗牌一样,只是为了找某种启示,这时他看到了一首俳句:

越过地平线

向天地的尽头眺望

邂逅并拥抱死亡

　　这首诗顿时充满了他的整个心灵，像突然拥有了新的含义，比洛多下了决定：这是唯一能解决他所有问题的方法。

　　他心下澄明。明白需要做什么了。

21

　　很显然。这是他要走的路,但首先需要做一些前期准备工作。比洛多给刚才那位打来电话的出版商写了封信,授予对方出版恩索诗集的权利。他将信放在书桌上以便人们能轻易找到,之后他给金鱼比尔喂了双倍它最爱吃的鱼食,同它作别,感谢它能和自己一如既往地保持着这份友情。他现在准备好要走了。

　　起居室天花板上用于装饰的巨大横梁做这件事情十分适合。他把那件树叶形状的茶几推到横梁下,然后从自己的和服上取下系带,试了试带子的结实程度。在感到满意后,他回想起自己的童年,追溯他还是一名幼童军时那些无忧无虑的日子,他轻轻松松地给带子打了个滑扣。

　　他只想了结得干净些。他不想尝试割腕或者吞枪等方法,因为两者留下的场面都太过血腥。比洛多想以一种有尊严的方式离开这个世界,留下的痕迹越少越好:而上吊无疑是最好的选择。

他爬上小桌,把带子的另一端系在横梁上,然后将脖子伸进滑扣中。他准备好了。是时候拥抱死亡了。他只需用脚跟踢一下桌子的一角就能结束他所经历的痛苦。比洛多做了一次深呼吸,闭上了眼睛,然后……

突然门铃声大作,打破了死寂。

比洛多一开始不知道该做些什么。他决定等一小会,希望这位干扰者能自行离去,别再按门铃。但门铃又一次响起。他产生了一种奇怪而复杂的感觉,既轻松了下来又有些生气。确实!谁有这么大胆子,敢在这个关键时刻来打扰他——因为他已经有好几个月没有见到过任何访客了。他把头从滑扣里退出来,踩着小桌下到地面,走到门口,他从探视孔往外看。门的另一边,他看到的是塔尼娅那张被门镜映得扭曲的脸。

* * * * * *

塔尼娅。他差点都忘了这个人。如果还有一个人让比洛多内心感到有所亏欠的话,那就是这位年轻的女侍者了。他带着一丝惧怕,打开了门上的三道锁,拉开四道安全门拴,打开了门。当塔尼娅在门口看到他的时候,表现得甚至比他还要惊奇。她焦急地望着他,问他是否一切都好,她说他变了好多。比洛多并不感到奇怪:在经历了这许多的混乱之后,在决定要拥抱死亡之后,他一定看上去就好像刚从坟堆里爬出来一样。他面带着浅浅的笑容,安慰她说一切都好。塔尼娅似乎并不相信,她为自己冒昧造访而表示抱歉,含糊不清地解释是如何从罗伯特那里要到他的地址的。比洛多也想为了上次在玛德里诺发生的事情向她道歉,但她抢先一步,坚持说都是她的错:她质问了罗伯特,罗伯特向她供述了一切,塔尼娅因此明白了这一切都同比洛多无关,而她感到这一切都是她的责任,因为如果要不是她的胡思乱想,就不会有后面的事情发生……不是吗?

说完后,她紧张地将身体的重心从一只脚移到另一只脚上,明显很尴尬,好像在等着他同意自己刚才所说的话,抑或是反对。然而,比洛多什么都没说,她于是继续解释此行的另一个目的,她说她要离开了,要搬走。她辞掉了饭店的工作,准备到郊区定居。

她在期盼着他的反馈吗?他的无动于衷是否令她失望?果真如此的话,她也没有表现出来,而是给了他一张纸条,告诉他上面写的是她新家的地址,以防……他会想去……好吧,算了……比洛多在仔细阅读这张纸条时,发现她煞费苦心地用日式字体书写了上面的字母和电话号码,而且是用毛笔。他赞扬了她写出的这么一小张漂亮的字。她请他在方便的时候和自己联系。他承诺说自己一定会这么做的。她又加上一句请千万别客气,然后挤出了一个笑容。继而是一阵短暂、尴尬的沉默。他们就这样站在那里,在过道上,没有说一句话,不敢直视对方,度过了漫长的十秒钟。最后还是塔尼娅打破了这种凝滞的气氛,她说她得走了。她向他道了别,然后以一种非常不自然的姿势走下了楼梯。

走上人行道的时候,她回头看他还站在原地;然后,她加快了脚步,匆匆离开了。比洛多觉得他在她的脸上看到了亮晶晶的东西。是泪水吗?当他目送她离开,一股强烈的情绪席卷而来。他心里空落落的,就像一个很美的想法在实施之前就流产了,甚至在还未有机会成型前就凭空消失了。比洛多喉咙里堵了一大块东西,他感到眼前的景物在自己的泪水中模糊不清。他突然有种想在塔尼娅走远之前叫住她的冲动,他举起了手,向她走的方向伸出去,他想喊她的名字,但嘴里却发不出一丝声音。塔尼娅走到了街的转角,向右拐了个弯然后消失在了视野里。比洛多此时放下了手。

大街上,风一阵阵旋转着,将报纸碎片卷成一圈。比洛多抬头仰望天空,灰色的天空阴云密布。空气里有暴雨的味道。他打了个冷颤,转身回屋了。

＊＊＊＊＊＊

比洛多心事重重地关上了房门,认真研究起塔尼娅给他的那张纸条。纸条内容所暗示的可能性对于他的吸引力不亚于其上漂亮的字体。上面的字母和数字看上去都好像是悬浮在纸的表面,在黄昏的光晕中熠熠生辉。这个巨大的改变以及这次出乎意料的访问,在比洛多心里产生了让他自己都感到困惑的影响——那位年轻女士的眼泪所激发的感触,相伴着因为她留下的纸条而突然涌起的不切实际的希望。他问自己是否一直以来忽略了某种更为重要的东西?是否有超出他现在所想的、能将他从这个困境中解救出来的办法?人死后会有来生吗,还是应该更珍惜眼前?

他走进起居室,僵在那里,他看到自己又站在了从天花板上垂下的活结前。他感到胃在翻滚。几分钟之前看上去还十分可行的办法，现在却让他害怕起来，一想到他差点就这么死去，更让他倒足胃口。一股恶心袭来，他跑到卫生间剧烈呕吐起来。

当他终于重新站起来的时候，感觉自己人已经被掏空，他不得不抓着水槽，以免因体力不支而随时倒下去。他需要醒醒脑子。他跑到水龙头前，连拍了几次凉水在脸上。这让他感觉好多了。他摇了摇头，以一种悲观的眼神看了眼镜子，他想看看那里映照着的是怎样一个形容枯槁的苦瓜脸。

镜中的摸样却一下子把他吓住了。那里显现出来的是一张胡子拉碴、满头乱发的加斯顿·格兰普的脸。

22

　　比洛多难以置信地盯着这张脸,那里不可能出现除他以外其他人的样子啊,而且格兰普已经死了。他使劲眨着眼睛,重重地给了自己一耳光,想赶走眼前的幻象,但格兰普却一直牢牢地映在那里,模仿着他的每一个动作,以一种像他一样的麻木表情回望着他。比洛多断定是自己疯了。但之后不久,镜中人的些许面部细节引起了他的注意,让他重新考虑自己刚才所下的论断。不完全是格兰普。那双绿色的眼睛是比洛多的,而不是已故之人的蓝色眼睛,至于那对眉毛——比格兰普的更细更淡——微微扁平的鼻子,并没有那么丰满的下唇……他渐渐在镜中另一个男人的脸上认出了自己,比洛多承认自己刚刚出现了幻觉,但还没到精神病的地步。和他面对面的男人是他自己无疑,尽管变化之大让他几乎无法相信。

　　他努力想给自己一个合理的解释,认为他在镜中所看到的是自己几个月以来在个人卫生方面的疏忽所致。他太醉心于诗歌写作了，完全忘记了要好好照顾自己，忽视了最基本的保养，甚至都没有时间照镜子，因此结果就成了这样：变成这副居然吓了自己一跳的面貌，一副颓废的样子。但——比洛多同时也想到——是否这也是因为自己同格兰普的长相十分相像呢？是否是由于自己潜意识里很想效仿前者？也许是因为比洛多太想让自己变成格兰普了，以至于最后都长得让他本人真伪难辨。但无论怎样，这种错觉都是令人吃惊的：经过几个月的疯长和未加修理，他的胡子和头发已经变得很浓密，再加上穿一身格兰普的和服，他确实与这个过世之人十分相像。难怪塔尼娅在看到他时会表现得如此吃惊：有那么一阵子，她一定恍惚以为自己看到了格兰普的鬼魂。

比洛多决定要刮去脸颊上的胡须；他打开热水阀，拿出了剃须刀，但手却在空中停下了。他突然想到了一个主意：既然连认识格兰普的塔尼娅都没能认出他，既然比洛多自己都曾被唬住，那么只和格兰普的照片有一面之缘的赛格琳就不会被同样骗到吗？

变形成功，比洛多放下了手中的剃须刀。这次秋天的约会瞬间变得大有可能，不是吗？

何不借此机会邀请赛格琳来这里呢？他很早之前就向往着能和她进行在现实中而非文字上的交流了，不是吗？他渴望着不单单能在梦中与她相爱，尽管他的身份是格兰普，他要好好珍惜她，他们俩都值得拥有这份爱情，期盼最后能够真真实实地在一起。

他难道能放弃这次可以改变命运的绝佳机会吗？或者他是否已被赋予了这种权利？

那么，为何还要迟疑呢？还有什么能够阻挡他邀她来共度秋日，让她满足自己长久以来梦寐以求见到的、有他在身边陪伴的、加拿大的金秋。

* * * * * *

飞向这个秋季

它正期待你的到来

好向你展示自己的辉煌灿烂

在比洛多愉快的愿景中，他仿佛已经看到自己在机场迎接这位小心翼翼出现的瓜德罗普女士，想象着驾车带着她穿过一片壮美的、如同明信片的秋日风景，他们的头发在风中飘扬。他也已经感觉到了他们第一次亲吻的甜蜜，期望着第一次如火的热烈拥抱,然后在赛格琳清晨留在枕边的秀发中迷失。但要使这一切能够成真,他首先得先去把这首俳句寄出去。

比洛多刚刚在信封上贴了张邮票,就听见外面隆隆作响。打雷了。雷声其实响了一整个早上,这时暴雨终于来了:第一滴雨水重重地砸在起居室的窗玻璃上。比洛多可不会让这坏天气阻止他寄信,他抓起雨伞走出了房门。他刚刚走上门廊,就看见一道闪电划过天空照亮了大街,随后响起了一声暴雷,一场如同季风带来的瓢泼大雨就这样突如其来。在街道的另一边,透过雨帘,他瞥见一辆邮车。已经到收信的时候了吗?一定是,因为罗伯特现在就在那儿,在瓢泼大雨里匆匆地把邮箱里的东西倾倒在麻布袋里。比洛多此时犹豫了。罗伯特的出现让他有些烦恼。自从春天发生了那件事情以后,他就再没同罗伯特说过一句话,也不想屈服于对方的嘲弄与讥讽。此外,罗伯特并非独自一人;还有一个邮递员同他在一起,很可能是代替比洛多负责这一区域的新人,这个人他不认识也从来没见过,但他对这个人并不信任,因为他怀疑这个人曾试图偷看赛格琳的信。

大雨如注。罗伯特想尽快从雨中逃离回去,他迅速关上一家的邮箱,将麻袋扔进了邮车里。他随时都会离开。比洛多想要寄出这封俳句的欲望压倒了一切忧虑:他迫使自己放下自尊,向那边的两位邮递员喊了一嗓子以引起他们的注意。罗伯特转过身来,看到了他。比洛多手中挥舞着那封信,跑下了楼梯,冲进了积满雨水的大马路上。另一位邮递员开始朝他挥舞着胳膊,打着什么手势,冲他喊着一句不甚清楚的话。一声尖锐的喇叭声撕裂空气。接着是一声碰撞。

整个世界在比洛多四周以慢动作旋转着,他仿佛身在梦中。他的身体在空中转圈,大脑想知道发生了什么,然而耳边却传来了另一声巨响,然后世界在他身下再次恢复了原有的稳定、厚实和坚硬。天空中依然电闪雷鸣,雨点砸在他的眼睛上。他试图动一动,却发现身不由己,因为剧痛会伴随而来。一个人影隔在他和大雨之间。那是一张熟悉的面孔,是罗伯特的。然后另一张脸出现了,也是一个邮递员,他很眼熟,但却和前者的原因不同:因为那是他自己的脸。这个邮递员是过去的比洛多,在他相貌改变之前,是原来那个没有胡子、眼眸清澈的比洛多。

这是他自己,他的前身,站在那里望着他。

23

　　他怎么可能一边躺在沥青马路上，一边站在旁边看着他自己呢？这是一种什么样的魔力？比洛多绞尽脑汁想找出答案，但太晚了，那个答案已经提前送到了他耳边，貌似是从体内传来的一个声音在轻声诵读着格兰普诗集里第一页和最后一页的那首俳句：

时光，如流水
在崎岖的岩石上打着旋
周而复始

　　这就是所发生的一切。过去在今天重复着自己。时间在他的身上开了个卑鄙的玩笑。它在崎岖的岩石上打着旋儿——融入流水中去——那时的格兰普正在垂死挣扎，之后时间就好像被卷入了漩涡，形成了一个圈住比洛多的陷阱。

格兰普当时也是这么感觉的吗？他在写这首俳句的时候,是否已经知道了未来?

循环往复的生命。比洛多搁浅在时间的浅滩上。然而,让人无法相信且看上去极端荒诞的是,他身处如此巨大的痛苦之中,尽然还笑了出来。他笑着,吞咽着雨水,越笑越觉得一切是那么可笑。然后他被卡在喉咙的一个血块呛住,笑声停止了。其实并没有多么好笑。事实上这是一场悲剧:他正在死去,没有人安慰他,纵然明白他的死是一种解脱,但仍然无法释怀,因为他只需看看另一个比洛多,看着他焦急地盯着自己手中的那封信,就知道电影并不是以此为结尾的,有人会接续他的角色,这个循环会继续下去,将另一个他引向死亡,接着会有另外的人前仆后继,永永远远。残忍的是:比洛多注定要经历无尽且相似的死亡,没有什么能阻止这一咒诅。除非……

拿回那封信……不让它被雨水冲到下水道里……坚持住,以免另一个比洛多会抢到它,读它,将它寄出去,然后驱使着他的命运向不同的时间流里滑去……谁知道呢?这样的恶性循环可能会因此终止,这样的诅咒可能会免于发生。他积聚着身体里仅有的力量,将其汇聚在右手的手指上,紧紧地抓着那封信。他闭上眼睛,以便更好地集中意志,这时他看到一个不同寻常的影像出现在黑色的内眼睑上:这是一个红色的圆圈,或者说是一个滚动着的火轮。

还是那个被诅咒的圆环。蛇咬着自己的尾巴,首尾相连。时间在自我吞噬。

突然,在比洛多的脑海中,那些模糊的音节重新浮现在记忆里,格兰普临终前最后喃喃说出的、他恍惚间听到的字:"恩索。"那时他不明白这个字代表了什么,但现在恍然大悟。

"恩索,"在最后一丝生气游出他体内时,他呻吟出了这个字眼。

图书在版编目(CIP)数据

小邮差的奇幻之旅/(加)丹尼斯·特里奥特(Theriault,D.)
著;刘彩梅译. —上海:上海三联书店,2015.4
　ISBN 978 - 7 - 5426 - 5070 - 2

　Ⅰ.①小⋯　Ⅱ.①丹⋯②刘⋯　Ⅲ.①长篇小说-加拿大-现
代　Ⅳ.①I711.45

中国版本图书馆 CIP 数据核字(2015)第 013001 号

小邮差的奇幻之旅

著　　者 / [加拿大]丹尼斯·特里奥特
译　　者 / 刘彩梅

责任编辑 / 王笑红
装帧设计 / 后声文化
监　　制 / 王天一
责任校对 / 张大伟

出版发行 / 上海三联书店
　　　　　(201199)中国上海市都市路 4855 号 2 座 10 楼
网　　址 / www.sjpc1932.com
邮购电话 / 021 - 24175971
印　　刷 / 上海肖华印务有限公司

版　　次 / 2015 年 4 月第 1 版
印　　次 / 2015 年 4 月第 1 次印刷
开　　本 / 889×1194　1/32
字　　数 / 80 千字
印　　张 / 4.625
书　　号 / ISBN 978 - 7 - 5426 - 5070 - 2/I·989
定　　价 / 28.00 元

敬启读者,如发现本书有印装质量问题,请与印刷厂联系 021 - 66012351